La linotte mélodieuse

GISÈLE LOPEZ

La linotte mélodieuse

Roman

© 2022, Gisèle Lopez
Édition : BoD - Books on Demand, info@bod.fr
Impression : BoD - Books on Demand,
In de Tarpen 42, Norderstedt (Allemagne)
Impression à la demande
ISBN : 978-2-3224-4673-5
Dépôt légal : juin 2024

Préambule

C'est dans le Béarn près de la ville de Pau que Julie et Alain ont décidé de s'installer, suite à la réussite professionnelle d'Alain dans cette région du Sud-Ouest. Ils s'y sont immédiatement sentis comme chez eux. Ils ont pu acquérir une somptueuse demeure et pour Alain, qui vient d'un milieu ouvrier, c'est une grande fierté. Aujourd'hui Julie s'apprête à mettre au monde leur premier enfant.

1

C'est par une belle journée d'automne que le travail a commencé. À l'extérieur les feuilles des arbres centenaires ont pris de belles couleurs rouges et dorées. De la fenêtre de sa chambre, Julie profite du paysage magique en cette saison ; elle aperçoit les scintillements des gouttelettes de rosée sur les feuilles et elle entend les oiseaux gazouiller. Cela lui fait un peu oublier les douleurs qui, de temps en temps, la plient en deux.

Au fond d'une allée elle aperçoit la fontaine, où des carpes koï se prélassent, elles ont senti que le temps a changé, les jours sont plus courts et leur rythme est devenu plus lent.

Alain fait les cent pas entre la chambre et le salon. Sa femme Julie, âgée de vingt-huit ans, est sur le point de mettre au monde leur enfant.

Elle n'a pas souhaité accoucher à l'hôpital, préférant l'intimité de sa chambre. Julie est une femme moderne, elle a lu toutes les revues qui traitent du sujet et certaines remettent en cause le côté impersonnel des accouchements pratiqués à l'hôpital. Les horaires sont les mêmes pour toutes : elles enchaînent la tétée, puis le bain, puis le repas ; pas le temps de se préoccuper du rythme de chacun. Julie souhaite le meilleur pour elle et son bébé. Tout a été préparé avec minutie avec la participation de la sage-femme : une baignoire est remplie d'eau tiède censée diminuer les douleurs des contractions de la jeune femme. Elle a mis une musique de relaxation douce et reposante sur son ordinateur. La pièce aux couleurs claires,

joliment décorée de meubles de « designers » est prête, mais bébé fait des siennes, il n'a pas envie de sortir. Alain est anxieux. Tout en marchant, il songe à leur rencontre, deux ans plus tôt, leur coup de foudre pendant ce voyage d'affaires en Martinique. Julie était là en touriste avec une amie. Ils avaient pris un verre ensemble puis ils ne s'étaient plus quittés du séjour. Ils ont su immédiatement qu'ils étaient faits l'un pour l'autre, alors pourquoi attendre ! Alain est un homme pressé. Un an plus tard ils organisaient leur mariage. Cela lui paraît si proche...
À trente et un ans il est chef d'entreprise, il a réussi avec brio dans les affaires. Pourtant son parcours scolaire fut chaotique. Quatre collèges et deux redoublements furent nécessaires pour qu'il arrive enfin en troisième. Il n'aimait pas les études, préférant nettement aller jouer au football avec ses amis plutôt que de se plonger dans des livres de mathématique. Il repense à ce professeur de français qui lui prédisait un destin peu reluisant. Mais aujourd'hui il a pris sa revanche, et quand il resonge à lui, il sourit de malice, heureux qu'il se soit trompé.

Sa première acquisition, après sa belle Mercedes, fut cette magnifique propriété dans la campagne béarnaise ; un endroit calme, loin de l'agitation des grandes villes, où il peut évacuer le stress de sa vie professionnelle. C'est une personne spitante et sa vie est à son image. Tout doit être en mouvement autour de lui, l'inactivité est sa pire ennemie. Après avoir déniché cette maison, Il avait amené Julie, qui eut immédiatement un coup de cœur pour elle. Pendant un an elle en a entrepris toute la décoration. Elle est artiste peintre et a fait de cet endroit un lieu apaisant. Dès le seuil franchi, les tensions se relâchent. Elle y a mis tout son cœur. Chaque pièce reflète sa personnalité, douce et fragile. Seul le bureau d'Alain dénote. Elle a choisi pour lui des tons foncés, un mobilier plus masculin. Au milieu trône un magnifique bureau en merisier et un fauteuil en cuir noir. Une

imposante bibliothèque déjà bien remplie termine le décor et donne le ton de ce lieu de travail. Alain apprécie cette ambiance quand il doit terminer un dossier urgent chez lui.
« Monsieur, venez vite ! »
Sarah, la sage-femme, vient de surgir devant lui et le sort brutalement de ses pensées.
« Le bébé arrive. »
Alain se précipite auprès de sa femme. C'est un mari très prévenant, il ne raterait cet instant pour rien au monde.

Julie est allongée dans la baignoire, de temps-en-temps son ventre se contracte, elle gémit et, malgré l'eau tiède, à chaque contraction la douleur devient de plus en plus forte. Elle est courageuse et suit bravement les conseils de Sarah. Alain fait de son mieux pour soutenir sa femme. Il est tourmenté, le travail est long et pénible. De temps en temps il jette un regard sur Sarah en signe d'interrogation. Mais celle-ci ne semble pas inquiète, elle en a vu d'autres !

Au bout d'un temps qui paraît interminable, Julie met au monde une petite fille de trois kilos cent. Il doit couper le cordon, c'est délicat. Il prend les ciseaux la main légèrement tremblante, se ressaisit et le fait d'un coup sec sans hésiter, mais il pâlit et se sent défaillir à la vue du sang. Sarah le fait asseoir dans un fauteuil avec sa fille dans ses bras. Il se reprend très vite au contact de ce petit corps fragile qu'il serre contre lui. Aujourd'hui c'est l'homme le plus fier de la Terre. Sarah lui reprend Lola et la pose sur le torse de sa maman qui la couve littéralement de ses grands yeux bleus. Julie ne se lasse pas de l'observer : une belle tête ronde, des cheveux blonds comme elle, la petite bouche en cœur de son papa, des doigts longs et fins. Elle la trouve parfaite. Alain la prend délicatement dans ses bras, les yeux pleins de larmes de bonheur. C'est le plus beau jour de sa vie.

 Julie est heureuse mais épuisée, elle se met dans son lit chaud et douillet, la musique la berce, elle sombre dans un sommeil profond et réparateur. Deux heures plus tard les petits cris de Lola la réveillent. Elle est dans son berceau, à côté du lit. Alain lui a mis les vêtements qu'elle avait soigneusement préparés pour ce jour heureux. Elle se redresse, s'assoit et la prend dans ses bras, puis elle se recouche en la posant sur elle. La petite cherche à téter et Julie lui offre son sein. Elle a décidé de l'allaiter les premiers mois. Sa petite bouche se saisit du téton de sa maman et instinctivement elle tire dessus. Elle est goulue. Sarah arrive à ce moment et aide Julie à trouver la meilleure position pour le bébé et pour elle. Julie la remercie de sa présence discrète et professionnelle. Elle a su préserver les moments intimes de cette naissance. Après quelques recommandations, elles échangent un dernier regard et elle salue Julie et Alain.

Elle promet de repasser le lendemain pour surveiller si tout va bien. Elle doit partir, une autre mission l'attend en ville et elle a un peu de route à faire. Dehors, elle profite un instant de la douceur et de la lumière de cette journée puis elle monte dans sa voiture. Pas le temps de flâner.

Alain, rassuré, laisse Julie et la petite Lola se reposer. Il prend quelques minutes pour prévenir ses parents, son frère et les parents de Julie qui veulent tout savoir, mais Alain va à l'essentiel : le bébé va bien, c'est une petite fille qui s'appelle Lola et Julie se repose. Tout s'est très bien passé. Il les invite à venir dès qu'ils le pourront. Sa famille habite à Marseille et ceux de Julie à Lille. Ils se voient peu, mais s'appellent souvent ; malgré la distance ils peuvent compter les uns sur les autres. La maman de Julie veut parler à sa fille, mais Alain, toujours aussi expéditif, répond brièvement que « non, ce n'est pas possible, désolé, elle dort ». Elle est déçue et promet de passer le plus vite possible et demande à Alain d'embrasser la petite et Julie pour eux.

Puis il contacte Clara, sa secrétaire, c'est une petite femme d'une trentaine d'années à peine, très active et efficace, en qui il a toute confiance. Depuis sa mésaventure avec l'homme qu'elle croyait être son prince charmant, Clara n'était plus jamais tombée amoureuse. C'était un garçon du village voisin, elle l'avait connu très jeune et elle lui vouait un amour sans faille. Il était son premier amour, son âme sœur. Mais, un jour, elle l'avait surpris avec son amie dans les bras, et leur accolade ne laissait place à aucun doute. Pris sur le fait, il ne put nier et il eut beau la supplier de lui pardonner, elle ne le fit pas. Elle est meurtrie et son cœur blessé ne laissera plus jamais de place pour l'amour d'un homme.

Peu de temps après, Alain l'avait recrutée comme secrétaire de direction et pour oublier sa souffrance, elle se réfugia alors dans son travail. Elle est entièrement disponible pour le poste et s'y consacre totalement. Plus rien ne compte pour elle. Elle adore son travail et Alain se révèle un patron moderne et sympathique qui lui laisse beaucoup d'initiatives. Elle lui fait un compte-rendu des dossiers en cours et se propose de lui apporter des documents qu'il doit impérativement signer. Il la remercie car les émotions l'ont un peu exténué, il ne se sent pas le courage de se rendre au bureau et d'affronter les traditionnelles questions sur le bébé. Il a envie aujourd'hui de garder leur bonheur rien que pour eux.

En l'attendant il retourne près de ses deux femmes, il les observe, et aujourd'hui il sent grandir en lui un besoin de protection de son bien le plus précieux : sa famille. Machinalement il ouvre son dressing et enfile son jogging et ses baskets. Il a besoin d'évacuer tout le stress dû à l'accouchement de sa femme ; il part courir. Dans un rythme au début effréné il relâche toutes les tensions, puis plus lentement Il descend jusqu'à la forêt et emprunte des petits sentiers. Il s'aperçoit que les arbres ont besoin d'être taillés, les branches ont envahi l'espace. Il doit parfois se frayer un passage avec ses mains pour passer.

Cette course lui a fait du bien, il est plus calme et revient à pas rapides vers le parking. Tout en marchant il réfléchit. Il sait qu'il n'aura ni le temps ni l'envie d'entretenir le parc. Ce n'est pas un manuel. Il ne met pas longtemps pour trouver une solution.

2

À la fin de cette course improvisée, il sait qu'il lui faudra recruter un gardien. La propriété possède une maison à l'écart où il pourra le loger. Elle est suffisamment grande pour accueillir une famille. Il y aura une personne qui pourra entretenir le parc et une présence masculine quand il ne sera pas là. Reste à choisir le candidat idéal et pour cela, il compte sur Clara. Après avoir lu et acté les dossiers en cours il décide de parler à Clara de sa réflexion au sujet du gardien.

« Effectivement, en effet, je comprends vos inquiétudes, je peux passer une annonce en arrivant au bureau si vous le souhaitez », lui dit-elle.

C'est ce qu'Alain aime chez Clara, inutile de lui expliquer les choses pendant des heures, elle comprend vite et surtout elle est très réactive. Il acquiesce et après avoir discuté avec lui des conditions d'embauche et du travail attendu en retour, elle visite le logement, prend quelques photos pour agrémenter son texte qu'elle rédige en un tour de main. Elle diffuse l'annonce sur les journaux nationaux pour toucher un maximum de personnes. Nous sommes en 1991 et plusieurs ouvriers se sont retrouvés au chômage suite à d'importantes restructurations dans le secteur de l'industrie de l'électronique. Clara reçoit un grand nombre de candidatures pour le poste. Très professionnelle, elle sélectionne celles qui sont le plus en accord avec les attentes de son patron. Elle en garde une dizaine : trois hommes sont retraités, quatre de jeunes célibataires et les trois autres mariés avec enfants. Elle les dépose sur le bureau d'Alain, il les trouvera demain matin. Il arrive le lendemain heureux et détendu et commence la lecture des lettres de motivations. Après quelques hésitations, Il retient deux personnes et demande à Clara de les contacter.

Le lundi suivant les deux hommes se présentent dans le bureau de Clara. Elle les a convoqués à une heure d'intervalle. Alain fait entrer le premier, ils discutent longuement puis le deuxième arrive et Clara l'accompagne jusqu'au bureau d'Alain. C'est un homme marié de trente ans. Il est cordial et le feeling passe bien entre Alain et lui. André arrive de Bretagne. Son entreprise a fermé au mois de mars, et il n'a pas retrouvé d'emploi. Sa femme, âgée de vingt-neuf ans, a accouché d'une petite fille au printemps. Ce travail serait le bienvenu pour eux. Il est bricoleur et aime jardiner. Il propose également à Alain les services de sa femme pour s'occuper de Lola et soulager Julie. Alain est convaincu, il retient André comme gardien. Celui-ci est heureux d'avoir trouvé un nouveau poste et Alain est ravi.

Clara, comme à son habitude, a fait un excellent travail. Sa sélection lui a évité une tâche bien fastidieuse.

Plus rien ne retient André et Annie là-bas, à part la famille et les amis qu'ils pourront voir de temps en temps pour les congés. De toute façon ils ne se fréquentent pas très souvent, à part Solange, la sœur d'André, qui a toujours su lui laisser du lest pour ne pas l'étouffer. Depuis son plus jeune âge, c'est un solitaire, Il se plaît dans la nature avec son chien.

Annie, son épouse, avait su le conquérir par sa discrétion et sa beauté naturelle. Elle n'a pas connu ses parents. Son couffin avait été déposé à l'église et le prtre, très surpris, avait appelé les services sociaux. Elle était enveloppée dans un drap avec une initiale « M » brodée et un petit mot : « Elle s'appelle Annie, prenez soin d'elle, sa Maman est morte peu de temps après son accouchement, elle l'a aimée de tout son cœur. Merci. » Elle a grandi au sein d'une petite institution dans le même village qu'André, ils se connaissent depuis la maternelle. Elle travaille chez elle. Entre sa fille et sa petite entreprise de couture, elle n'a guère le temps de sortir. Elle confectionne des vêtements pour enfants, c'est une passion. Elle en vend peu mais cela suffit pour satisfaire ses besoins. Leur installation se fera le week-end prochain. Ils ont hâte de découvrir la maison car pour le moment, depuis qu'André a perdu son travail, ils sont dans un trois pièces en appartement. Annie ne se plaint pas, mais l'espace lui manque cruellement depuis la naissance de Louise. Son atelier lui prend de la place et les meubles pour le bébé ont réduit son espace, il lui faut beaucoup de rangements ingénieux pour s'en sortir. Ils arrivent à neuf heures du matin devant le logement. Annie descend et en contemple un instant la façade. Les murs en pierres blanches sont recouverts d'une vigne vierge toute rouge à cette époque. Elle aime immédiatement cette maison sans même en avoir franchi le seuil. André ouvre la porte et Annie n'est pas déçue. Elle est coquette, fonctionnelle, et il y a même une pièce supplémentaire où elle pourra faire son atelier. Leur petite fille, Louise, ouvre de grands yeux. Elle ne reconnaît rien mais le bonheur de ses parents est communicatif, elle rit aux éclats car à chaque nouvelle découverte Annie la fait tournoyer dans ses bras. Ils déchargent le camion de leurs quelques meubles qu'ils ont rapportés et André va voir Alain.

Ils doivent faire le tour de la propriété – le parc est immense, treize hectares dont cinq de bois. André pourra chauffer sa maison car elle possède une cheminée. L'entente entre les deux hommes se confirme, ils passent une heure ensemble à discuter du futur travail d'André. Il a hâte de commencer, il y a beaucoup à faire. Une rivière longe un bois et André aperçoit des truites qui frétillent.

15

« Vous pourrez pêcher si cela vous tente, moi j'aime bien mais, depuis que j'ai mon entreprise, je n'ai guère le temps, lui dit Alain.

— J'ai apporté mes cannes à pêche, si j'ai de la chance je vous amènerai quelques truites », rétorque-t-il.

Ils se séparent et Alain lui demande de passer dans l'après-midi pour faire la connaissance d'Annie. Chacun retourne à ses occupations. Ils sont pareils, pas besoin d'aller dans le détail, ils ont l'œil et ils aiment être maîtres dans leur secteur d'activité.

Annie a déjà bien avancé le rangement de la maison. Elle a réchauffé un reste de ragoût et avec André ils reprennent des forces en mangeant, tout en discutant de leur nouvelle vie qui commence. Elle appréhende sa rencontre avec Julie. Si les deux hommes se sont bien entendus, cela ne veut pas dire qu'elles s'apprécieront. Mais Annie sait qu'un peu d'argent supplémentaire ne sera pas un luxe, alors elle a accepté l'idée de rendre des services à Julie. Elle couche Louise pour la sieste et commence à installer son futur atelier. Les idées fusionnent dans sa tête, elle a déjà une idée du manteau qu'elle va faire à Louise pour cet hiver. Des tas de patrons sont en attente de réalisation. Ici elle va devoir se refaire une clientèle. La semaine prochaine elle ira prospecter les magasins de vêtements aux alentours.

À 16 heures, il est l'heure d'aller se présenter auprès de toute la famille. Ils montent jusqu'à la propriété. Au détour d'une allée Annie découvre une ravissante maison de maître. Ils sonnent et Julie en personne vient leur ouvrir. Elle est souriante et bienveillante. Elle les fait entrer en toute simplicité, Annie se sent à l'aise tout de suite. Elle est soulagée de ne pas se trouver en face d'une femme prétentieuse et arrogante, ce qu'elle avait imaginé toute la matinée. Ensemble ils parcourent le salon, puis la salle à manger et se retrouvent dans le jardin d'hiver. Julie y a fait installer une table et des fauteuils de jardin en rotin très confortables. Annie est subjuguée par la beauté des pièces qu'elle vient de traverser. Mais l'apothéose, c'est cet endroit magique avec une vue imprenable sur le parc. Les arbres majestueux ont revêtu leurs belles couleurs d'automne. La pièce est habillée de magnifiques plantes d'intérieur et des arbres nains en fleurs diffusent un parfum exotique, frais et subtil. Sur la droite de Julie un citronnier est couvert de gros fruits jaunes. Lola est dans son berceau, elle dort paisiblement. Annie s'en approche doucement, elle la trouve ravissante. Elle sourit dans son sommeil. Julie la prend dans ses bras. Elles parlent toutes les deux de leur fille, intarissables l'une comme l'autre sur le sujet. Louise, qui est bien réveillée, se fait entendre. Julie propose à Annie de la mettre dans un parc où des jouets n'attendent que les mains d'enfants pour s'animer.

Pendant que les hommes discutent, Julie l'amène dans son atelier et lui fait découvrir son univers et ses peintures. Annie ne connaît rien à cet art mais elle trouve ses toiles jolies. Elles lui ressemblent. Puis Julie aborde avec elle le sujet du service attendu, elle propose à Annie de garder Lola deux heures par jour pour qu'elle puisse se remettre à peindre. Elle est consciente de la charge nouvelle qui va lui incomber, mais elle lui serait très reconnaissante si elle accepte. Annie est d'accord car elle pourra garder Louise avec elle, elle commencera dès lundi en même temps qu'André.

Le lundi, André, tout en buvant son café, songe au chantier qui l'attend. Il en a repéré plusieurs mais celui-ci est le plus urgent. Il part travailler de bonne heure et, tout en marchant, il réfléchit à la meilleure façon de l'appréhender. Annie est déjà bien occupée, entre la maison et Louise. À cinq mois la petite demande beaucoup d'attention, mais c'est une enfant calme, une fois dans son parc avec ses jouets elle reste tranquille au moins pendant une heure. Cela permet à Annie de passer un peu de temps dans sa pièce favorite et de laisser courir sa créativité. Elle a commencé le patron du manteau de Louise, elle a hâte de le terminer. Cette après-midi, après son travail chez Julie, elle ira dans un magasin en ville pour en choisir le tissu. Elle pourra en même temps se faire connaître en posant des affiches qu'elle a préparées. Elle propose évidemment ses créations, mais elle sait que pour démarrer elle devra faire des petits travaux de couturière. Elle en a énuméré un certain nombre en mettant son tarif en face. Louise est brune comme sa maman, ses cheveux sont bouclés et sa peau est claire. Elle veut une couleur qui rehausse son teint délicat. Annie imagine très bien ce qu'il rendra une fois terminé, le résultat virtuel la satisfait amplement. Elle a hâte de le finir.

Elle est dérangée dans ses pensées par les cris de la petite qui s'impatiente. Son petit ventre commence à la tirailler. Annie met la table et installe Louise. Elle a compris qu'elle allait manger et elle tape des mains. Annie ne peut s'empêcher de sourire, *à cinq mois elle se fait déjà bien comprendre !* pense-t-elle. André arrive à ce moment, il sourit lui aussi en les voyant. Il est satisfait de sa matinée. Il parle à Annie de son travail.

« J'ai longé le bord de la rivière et j'ai commencé à dégager toutes les branches qui commençaient d'obstruer le cours de l'eau. C'est la tempête de neige de l'hiver passé qui a laissé ses traces. Le poids de la neige a cassé les branches fragiles. La rivière est magnifique, l'eau est pure et cristalline. »

Il en a bu car il sait qu'elle n'est pas polluée. Avec autant de poissons dans son lit l'eau est forcément bonne.

« Tu devrais profiter du temps encore clément, le parc est grand, tu pourras faire de belles promenades avec Louise. »

— Oui tu as raison, j'irai explorer les environs, mais avec la poussette je ne peux pas trop m'aventurer, je suis obligée de rester dans les chemins praticables. »

Leur nouvelle vie commence bien, cette après-midi Annie ira garder Lola, quand elle sera plus grande elle pourra jouer avec Louise. Elles ont le même âge, ce qui va faciliter grandement la tâche d'Annie. Plus tard elles iront à l'école ensemble au village.

3

Les filles ont grandi et elles ne se quittent plus. Elles sont devenues inséparables. Lola est blonde comme les blés avec de grands yeux bleus et Louise brune comme sa maman avec des yeux noisette. Cette année elles fêtent leurs cinq ans. Impossible de ne pas remarquer ce duo si fusionnel et à la fois si différent. À l'école elles sont toujours ensemble.

Louise commence la première les invitations pour son goûter d'anniversaire. Annie a confectionné un délicieux gâteau au chocolat, le péché gourmand de sa fille. Louise a invité ses copines et copains de classe, et bien sûr Lola. La journée se présente bien, même le temps est clément : un beau soleil vient réchauffer l'atmosphère. Elles passent un bon moment. Annie a préparé un jeu de piste dans le parc et les enfants sont surexcités, ils courent partout pour trouver le trésor. Avec peu de choses mais beaucoup d'amour, Annie a rendu cette journée mémorable. À 16 heures Louise souffle ses bougies, sa maman fait des photos, sur l'une d'entre elles, Lola lui a mis un bras autour du cou et elle lui fait un baiser sur la joue.

En septembre c'est au tour de Lola de fêter le sien, ses parents ont fait les choses en grand. Il y aura un spectacle de clown avant le goûter. Les enfants de leur classe sont invités. Quand Louise arrive, elle court vers Lola pour l'embrasser. Il y a d'autres enfants qu'elle ne connaît pas. Le frère d'Alain, Marc, est venu avec sa femme et leurs deux garçons. Elle aperçoit également au loin des adultes, ce sont des relations des parents de Lola qui sont venues avec leurs enfants. Ils restent à l'écart, ne se mélangent pas avec les amis d'école de Louise et Lola. Lola lui prend la main et lui présente ses grands-parents. Annie aussi a remarqué au loin les adultes qui sont invités. *Ils sont bien habillés!* songe-t-elle. Le meilleur pâtissier a été sollicité pour confectionner un gâteau de plusieurs étages et la journée se finira par un cocktail. Louise et les enfants de sa classe n'y participeront pas. Annie doit récupérer Louise vers dix-sept heures, après le goûter. La fête commence et les deux amies comme d'habitude sont inséparables, ce qui ne manque pas de surprendre les invités.

« On dirait deux sœurs », dit la maman de Julie.

Cette réflexion plonge Julie dans une profonde mélancolie et la rend triste un court instant, elle la ramène à une période douloureuse. Pendant deux ans ils ont essayé d'avoir un deuxième enfant, mais impossible malgré les séjours en clinique pour essayer des traitements lourds et contraignants. À chaque fois ce fut un échec avec son lot de déception, et Julie fit une dépression dont elle se remet à peine. Finalement ils sont résignés à contrecœur de n'avoir que Lola. Depuis il la gâte trop, ils le savent bien. Elle a reçu tellement de cadeaux qu'elle les apprécie à peine, alors que ses camarades de classe se sont jetés dessus. Les parents d'Alain n'ont pas manqué de le faire remarquer :

« Elle a tellement de cadeaux qu'elle les regarde à peine, toi tu n'en avais pas autant et pourtant tu n'étais pas malheureux. » Ils ne trouvent rien à répondre, ils savent que c'est la vérité.

Aujourd'hui Julie se réfugie dans un monde futile qu'elle côtoie au quotidien auprès des relations d'Alain. Elle soigne sa douleur par des achats intempestifs de vêtements qu'elle ne met pas toujours. Elle fréquente ce milieu aisé qui la séduit et la grise mais petit à petit elle se perd. Elle met sa vie entre parenthèses : elle a arrêté de peindre, de décorer sa maison. Elle a beaucoup changé.

Malgré ce petit incident la fête est une grande réussite, Lola et Louise sont épuisées tellement elles ont couru partout.

Quand Annie vient chercher Louise à l'heure convenue, elle est saisie par la distance de Julie. Pourtant elle est toujours aussi aimable et souriante, mais pour la première fois Annie comprend que la présence de Louise est tolérée comme les enfants du village et qu'une barrière invisible est en train de se lever. Elle s'y attendait bien sûr, elle a vu le changement d'attitude de Julie ces deux dernières années mais comment l'expliquer à Louise ? Elle se dit que sa fille a encore un peu de temps pour profiter de sa meilleure amie et que les choses se feront doucement, sans trop de douleur. Elles rentrent toutes les deux mains dans la main, et Louise raconte à sa maman le spectacle et le gâteau gigantesque.

« Mais le tien était meilleur, maman. Il n'y avait pas de chocolat dans celui de Lola », dit-elle avec ses mots d'enfant qui réconfortent Annie. Elle sourit et serre la main de Louise un peu plus fort.

4

C'est toujours Annie qui amène les enfants à l'école. Ensuite elle fait le tour des magasins avec lesquels elle travaille. Après des débuts difficiles, plusieurs commerces lui ont fait confiance. Elle leur vend ses créations. Julie a été sa première cliente. Quand elle avait vu le manteau de Louise, elle l'avait trouvé très beau :
« Où avez-vous acheté ce magnifique manteau ? avait-elle demandé à Annie.
— C'est moi qui l'ai confectionné, j'adore créer des vêtements pour enfants.
— Vraiment ? Je ne le savais pas, j'aimerais vous en commander un pour Lola, vous pensez que vous aurez le temps de le réaliser avant Noël ? »
— Bien sûr, pour le moment je ne croule pas sous les commandes, je dois refaire ma clientèle ici.
— Très bien, alors je ferai partie de vos premières clientes et j'en suis ravie. »
Annie avait réalisé le petit manteau dans un temps record, elle avait choisi un tissu rouge qui allait à merveille à Lola et depuis, plusieurs mamans ont pris contact avec Annie pour des commandes de vêtements. Sa petite entreprise a pris de l'ampleur, elle y passe plus de temps. Heureusement les filles ont grandi et Annie peut travailler pendant qu'elles sont à l'école.
Souvent elle repense au bonheur qu'elle avait eu quand elle avait découvert sa première machine à coudre pour enfant.

Comme chaque année pour Noël, elle recevait un cadeau déposé à l'institut par la poste. Personne n'en connaissait le bienfaiteur et aucune recherche n'avait été entreprise. Cette personne avait sûrement ses raisons pour rester dans l'ombre. L'année de ses dix elle reçu ce magnifique cadeau et ce fut le départ de cette passion qui l'anime aujourd'hui. Elle commença par habiller ses poupées, puis celles de ses amies, et ainsi de suite. Elle y passait des heures. On devait la traîner gentiment pour lui faire prendre l'air. Avec l'âge et les conseils d'une couturière elle a acquis une bonne dextérité pour la réalisation de ses ouvrages.

Lola et Louise apprennent bien, leurs résultats sont semblables. Annie est très fière de Louise. Comme tous les parents elle espère que sa fille réussira ses études pour avoir un bon métier. Elles passent toutes les deux brillamment les étapes de la primaire et l'année prochaine, elles iront au collège ensemble.

Louise passe son temps libre avec son père. Il lui apprend à écouter le chant des oiseaux, à pêcher dans la rivière, à reconnaître le pas des animaux dans la neige. André, en cachette, lui a fabriqué une cabane pour son anniversaire. Le jour de ses onze ans il l'emmène en promenade, lui montre la petite maison qu'il a construite dans un chêne centenaire. Les branches de l'arbre la cachent en partie et, avec le feuillage, elle sera bientôt invisible. Une échelle solide lui permet d'y accéder facilement et sans danger. Elle ouvre la porte et elle reste bouche bée. Sa petite cabane est meublée. Elle a un banc avec une table, une petite bibliothèque avec ses livres favoris. Annie a confectionné de jolis rideaux et des coussins en fourrure qui apporte un côté cocooning, et aux murs sont affichées des photos qui retracent la vie de Louise jusqu'à ce jour. Annie a mis celles qu'elle avait prises pour les cinq ans de Louise et notamment celle avec son amie Lola qui l'embrasse. C'est la préférée de Louise.

« Maintenant tu mettras les tiennes », lui dit André.

Louise se jette dans les bras de son père, c'est le plus beau cadeau qu'il pouvait lui faire.

« Tu remercieras aussi Maman, comme tu vois elle y a mis tout son cœur pour la rendre encore plus jolie et chaleureuse.
— Oui, oui ! Oh ! Je suis tellement contente. Un endroit rien que pour moi où je pourrai venir me cacher et lire.
— Pas trop souvent, quand même ! Ta présence nous manquerait. »
Comme elle a grandi, pense-t-il. L'année prochaine c'est le collège. En arrivant à la maison Louise se jette dans les bras d'Annie :
« Merci maman, j'ai eu le plus beau des cadeaux. »
Elle ne tient pas en place, parle pendant tout le repas de sa petite maison et, après avoir soufflé ses bougies, demande à ses parents la permission d'y retourner. Elle se met à passer des heures dans sa cabane. Petit à petit le caractère de son père déteint sur elle : elle a besoin d'être seule, d'observer la nature qui se réveille au printemps, de voir les oiseaux commencer leur nid. Maintenant elle est incollable, elle reconnaît le chant des étourneaux, des bouvreuils pivoines, des chardonnerets et son préféré, celui des linottes mélodieuses. Leurs gazouillis sont agréables et doux ; leurs vols, vifs et légers. Elle sait quel animal est passé dans le chemin aux traces qu'il a laissées dans la neige. Ici un renard et plus loin un faisan.

C'est une enfant unique. Annie n'a pas souhaité avoir d'autres enfants, contrairement à André qui aurait voulu en avoir tout le tour du ventre. Le deuxième bébé d'Annie, c'est sa passion, qui lui donne beaucoup de satisfaction. Elle y passe tout son temps libre et elle n'a pas éprouvé le besoin d'avoir un autre bébé. Pour elle qui est orpheline, avoir André et Louise est déjà un cadeau du ciel. Ils sont heureux tous les trois, d'ailleurs Louise n'a jamais exprimé le souhait d'avoir une petite sœur ou un petit frère. Elle a Lola, sa sœur de cœur.

Depuis l'entrée en sixième, les deux amies continuent de se voir, mais moins fréquemment car Lola a plusieurs activités extrascolaires auxquelles Louise ne participe pas. Elle passe de plus en plus de temps auprès de ses nouveaux amis. Ils ont les mêmes centres d'intérêt. Elle joue du piano le mercredi matin, elle est douée et commence à faire de petits récitals. Elle fait également de l'équitation l'après-midi. Son père lui a acheté un double poney pour ses dix ans. Il l'avait amenée dans l'écurie un matin et lui avait montré son futur compagnon.

« Regarde, il est pour toi, il te plaît ? Il est déjà bien dressé et tu pourras faire quelques concours d'obstacles avec lui. »

Lola s'était avancée et l'animal avait approché son museau de la main qu'elle lui tendait. Elle avait enlacé son encolure entre ses bras et ils étaient restés ainsi quelques instants sans bouger. Elle avait eu immédiatement un coup de cœur.

« Oh ! Je l'adore, on peut le mettre dans le parc ? Je voudrais l'avoir près de moi et le voir tous les jours », avait-elle répondu.

— Évidemment. L'écurie n'a encore jamais servi, il sera le premier. »

Lola fait des petits concours départementaux avec Fréro. Avec lui, elle prend goût aux compétitions. Il est devenu son ami, son complice, elle lui confie tous ses secrets. Ils gagnèrent ensemble plusieurs épreuves. Lola fut fière à chaque fois d'agrafer le flot au-dessus du box de Fréro et de déposer la coupe bien en évidence à l'entrée de l'écurie. Comme son père, elle vit à cent à l'heure, elle aime avoir beaucoup d'activités car elle s'ennuie vite. Il lui faut toujours des défis à surmonter, des compétitions à gagner. Il semble qu'Alain, compétiteur dans l'âme, y soit pour quelque chose.

Les deux amies ont en commun l'amour inconditionnel qu'elles portent à leurs pères. Au début, elles ont fait les choses pour leur faire plaisir. Louise aimait faire de grandes promenades avec André, et Lola adorait que son père l'encourage et la félicite chaque fois qu'elle remportait une victoire. Puis chacune a pris du plaisir à faire ces choses pour elle-même ; Louise seule, solitaire, et Lola très entourée. C'est la dernière année de collège, la fin d'une étape. Il va falloir choisir une orientation, un lycée. Pour Lola ce sera le lycée avec une préparation de licence de droit, son père aimerait qu'elle devienne avocate. Louise n'a pas encore fait son choix. Elle hésite mais la possibilité de devenir comptable la tente de plus en plus, donc, une filière d'enseignement général serait idéale. Les filles ont encore du temps pour choisir, l'automne vient à peine de se terminer.

5

L'hiver est précoce cette année. Les anciens prévoient qu'il sera rude et froid. Dès le mois de décembre la neige est au rendez-vous. Ce qui n'est pas pour déplaire à Lola et Louise. L'école a fermé ses portes pour cause d'intempéries et pour une fois elles se retrouvent ensemble dans le parc. Elles s'en donnent à cœur joie toute la journée. Annie n'oublie pas de fixer ce moment avec son objectif. Encore une photo que Louise pourra accrocher dans sa cabane, pense-t-elle. En février le froid persiste et les températures sont largement en dessous de zéro. La neige a laissé la place au verglas et les routes sont devenues peu praticables. Ce matin, Annie doit livrer une commande à une cliente après avoir déposé Louise et Lola. Elle sourit à Louise, lui fait ses recommandations et redémarre la voiture. Elle arrive en ville de bonne heure, remet son ouvrage et part faire quelques courses pour ses nouvelles créations. Elle est heureuse, depuis qu'ils sont arrivés dans cette maison tout leur sourit. Elle met de la musique à la radio et chante tout en conduisant prudemment. Elle est presque arrivée, elle aperçoit la fumée qui sort de la cheminée. Encore un virage et elle sera chez elle bien au chaud.

Mais, à la sortie du virage, elle a une vision d'horreur ! Un conducteur de camion ne peut pas tourner et glisse sur le verglas dans sa direction. On entend le bruit infernal des freins du camion et des pneus qui dérapent sur la route gelée. Rien ne peut arrêter le véhicule qui emboutit sa voiture côté conducteur. Sous le choc les tôles se sont pliées, les vitres se sont brisées et Annie crie sa douleur et son désespoir – elle a compris qu'elle est perdue. En une minute tout bascule. Elle n'a rien pu faire, le véhicule est venu la percuter de plein fouet.

Puis ce silence... un silence glacial... insoutenable...

Annie décède sur le coup, mais elle a eu le temps (pendant soixante secondes) de penser à ses deux amours : Louise et André. Puis plus rien, elle n'entendra pas les cris du camionneur désespéré, la sirène des pompiers et le verdict du médecin : C'est trop tard, elle est morte. Elle laisse derrière elle une vie qu'elle aimait, une fille et un mari qu'elle adorait, et son entreprise qui commençait d'exploser sous les commandes.

André a été prévenu, il arrive sur place le souffle coupé et, quand il voit la voiture ratatinée sur le siège d'Annie, il hurle de douleur. Les pompiers doivent le soutenir pour éviter qu'il ne s'effondre. Le médecin lui administre un calmant et le ramène chez lui. Il n'est pas en état de conduire.

Louise est prévenue par la directrice du collège, elle est très choquée, ne veut pas comprendre ce qui arrive. Une voisine est venue la chercher, elle sanglote sur le siège, inconsolable. Quand elle arrive, elle se précipite dans les bras de son père, mais Il est brisé. Une douleur horrible lui transperce le cœur. Pour la première fois il n'a pas les mots, il ne peut que la serrer contre son cœur sans parler.

Le jour de l'enterrement, tout le village s'est déplacé, ainsi que leur famille de Bretagne. C'est aussi la famille de Annie ; depuis qu'elle fréquentait André, ils l'avaient immédiatement adoptée. Elle les avait séduits par sa grande simplicité et sa grandeur d'âme, et en particulier Solange, la grande sœur d'André. Certains de leurs amis bretons sont là aussi. Ils sont tous venus dire au revoir à Annie. Louise a veillé sa mère tard le soir avant qu'elle ne soit enfermée à tout jamais dans cette boîte. Elle pleure toutes les larmes de son corps quand ils transportent le cercueil dans le corbillard. Lola vient lui faire un bisou à l'église pour la réconforter et Julie fait un très joli discours pour honorer la mémoire d'Annie. Puis, après la cérémonie religieuse, ils retournent à la maison. La sœur d'André se charge des boissons et des mets qu'elle sert aux personnes présentes, et chacun ranime la mémoire d'Annie en parlant d'une anecdote vécue avec elle. Sauf André, qui est spectateur, comme dans un mauvais rêve. Il se contente de hocher la tête quand quelqu'un vient le consoler. Depuis la mort d'Annie, il se mure dans le silence. Il n'arrive pas à vivre sans elle. Annie était son amour, sa complice. Elle seule le comprenait, le soutenait et le portait depuis leur rencontre.

Après la cérémonie de l'enterrement il avait échangé avec sa sœur Solange, qui habite près d'Herbignac, dans leur village natal. Il lui a parlé de Louise, de son désir de l'éloigner de cette tragédie le temps qu'il se remette de cette épreuve. C'est avec beaucoup de souffrance que Louise a dû accepter cette décision. Ensemble ils se sont mis d'accord : Louise sera déscolarisée de son collège. Elle partira le lundi suivant chez sa tante pour la Bretagne. C'est une décision importante mais André n'a pas le choix. Il n'arrive pas à faire face, son chagrin est trop lourd pour supporter celui de Louise. La directrice donne son accord et son dossier est transféré. Elle finira sa scolarité en Bretagne avec sa cousine. Elle a à peine le temps de dire au revoir à ses amis. Lola lui fait promettre de lui écrire. Elle acquiesce tristement.

6

Louise arrive par le train du dimanche matin. Elle est seule avec son chagrin. Elle a besoin de son père plus que jamais en ce moment. Elle aurait voulu rester avec lui. À la gare elle aperçoit sa tante qui lui fait signe. Elle la connaît peu, mais son sourire est réconfortant. Elle est venue avec sa cousine Gaëlle, qui a quelques mois de plus que Louise. Elle descend du train, sa cousine vient la prendre dans ses bras, elle l'embrasse. Louise se laisse faire, sans réagir. Elles montent dans la voiture et elles partent pour un petit village au bord de l'océan. L'air iodé lui rentre par les narines. Elle se sent revivifiée. Elles arrivent devant une maison, elle y est déjà venue mais pas souvent. Gaëlle la conduit dans sa chambre, à côté de la sienne. C'était la chambre d'Eloane, la sœur de Gaëlle qui est mariée maintenant. Sa tante a eu Gaëlle sur le tard. Après un fils, Corentin, et une fille, elle pensait que les couches et les biberons étaient terminés pour eux, mais sa deuxième fille est arrivée. Furieuse au début, elle est finalement très heureuse. Elle se sentirait bien seule aujourd'hui sans elle, car son mari part toute la journée en mer. Solange a pris soin de mettre dans un cadre une photo des parents de Louise. En la voyant elle pleure, elle prend la photo dans ses mains et embrasse sa maman. Sa cousine, qui ressent sa peine immense, lui met le bras autour du cou et la console.

« Viens, allons faire un tour, tu rangeras tes affaires plus tard. Profitons de ce beau soleil. »

Elle l'entraîne au bord de l'océan, la vue est magnifique. Les vagues viennent se jeter sur les rochers, elles se brisent puis se retirent lentement. Doucement, Louise arrête de pleurer. Elle respire à pleins poumons comme si elle devait recommencer à vivre. Gaëlle l'emmène plus loin sur une petite plage, elles s'approchent de l'eau et Gaëlle lui montre tous les coquillages qui sont logés dans le sable. Des coques faciles à sentir sous les doigts et des marteaux qu'il faut aller chercher car ils sont bien cachés. Elle commence une petite cueillette et, machinalement, Louise l'imite. Sentir le sable mouillé sous ses doigts lui procure un sentiment de réconfort. Tout en marchant, Louise se met à lui parler. Elle lui raconte sa vie chez elle, sa relation avec sa meilleure amie Lola, ses balades dans les bois avec son père, sa cabane.

« Je veux absolument la voir quand nous irons chez toi. Ici comme tu vois nous n'avons pas d'arbres assez robustes pour en construire une. Viens, je vais te montrer le collège, demain on s'y rendra ensemble. C'est une vieille bâtisse en pierre. Tu verras, je vais te présenter tous mes amis, tu te sentiras vite à l'aise ici. »

Elle commence une nouvelle vie qui lui plairait bien s'il n'y avait pas ce vide et cette douleur persistante au fond de son cœur. Sa maman lui manque terriblement. Elle aimait sa voix, son sourire, son enthousiasme. Elle l'imagine devant sa petite machine à coudre. Elle lui demandait toujours son avis.

« Tu penses quoi de ce tissu ? J'aimerais m'en servir pour faire des petites robes pour cet été. »

Elle lui montrait ce joli tissu imprimé de fleurs de toutes les couleurs. Louise était contente qu'elle partage sa passion avec elle. De temps en temps elle l'aidait. Le lundi suivant elle reçoit une lettre de Lola. Elle va dans sa chambre et l'ouvre délicatement.

« Louise, mon amie de toujours, tu me manques terriblement.

Même si ces dernières années on se voyait peu, je te sentais près de moi et cela me réconfortait. J'ai énormément de peine pour ce qui t'es arrivé.
Chaque fois que je passe dans ce virage maudit, je pense à ta maman. »
Louise essuie une larme qui est tombée sur sa joue et reprend sa lecture.
Elle fut comme une deuxième mère pour moi, toujours attentive et prévoyante. Elle me manque à moi aussi.
Ma vie est toujours aussi remplie, j'aime aller à cent à l'heure, alors que toi, tu sais comment arrêter le temps pour écouter les linottes mélodieuses que tu aimes tant. Maintenant je les entends aussi, grâce à toi.
Encore quelques mois et ce sera les vacances, j'espère que tu viendras.
Écris-moi vite, j'ai besoin d'avoir de tes nouvelles. Lola »
Tristement elle plie sa lettre et la met dans le tiroir de sa commode. Sa cousine tape à la porte et la sort de ses souvenirs encore douloureux. Sans elle à ses côtés, sa vie ici aurait sûrement été beaucoup plus difficile à accepter. Elle s'est beaucoup attachée à Gaëlle, elle avait besoin de reporter tout cet amour qui lui manque. Sa mère, son père et Lola, elle a perdu tous ses repères en une seule semaine.
Samedi matin, pendant que Gaëlle termine ses devoirs, Louise décide de se rendre au bord de la plage pour ramasser des coquillages. Elle a besoin d'être seule avec ses souvenirs. Elle prend le panier et en dix minutes, elle arrive devant la mer. Elle est plus retirée que l'autre jour, mais elle n'y prête pas attention. C'est seulement la deuxième fois qu'elle vient sur cette plage. Elle commence sa cueillette, les coques sont bien visibles à la surface de l'eau. Louise ne s'étonne pas que personne ne soit là, il est encore tôt. Petit à petit, elle s'éloigne, va de plus en plus loin sans se retourner. Quand son panier est déjà bien rempli, elle fait demi-tour et, la tête baissée, elle continue. Elle trouve aussi quelques

crustacés, dont une magnifique araignée de mer qui était cachée dans des rochers. Machinalement, elle relève la tête pour admirer le paysage et elle aperçoit un homme qui lui fait signe. Elle pense qu'il veut lui dire bonjour et elle répond d'un geste de la main. Elle continue de revenir lentement... très lentement... trop lentement. Le bruit et le mouvement de l'eau la bercent. Elle relève la tête et cette fois-ci, elle voit Gaëlle avec l'homme, qui lui font des gestes désespérés. Elle s'inquiète, pourquoi sont-ils aussi agités ? Elle a soudain peur qu'un malheur soit arrivé. Gaëlle lui fait alors signe de se retourner. Elle tourne la tête et alors elle comprend, la marée monte et elle se trouve déjà à certains endroits presque entourée par l'eau. Elle se met alors à courir. Elle se rappelle les consignes de son professeur de gymnastique, applique instinctivement ses conseils, ajustant sa respiration, allongeant le pas. Plus vite, encore plus vite ! Lui crie une petite voix dans sa tête. Ne t'arrête pas. L'eau cette-fois ci l'a véritablement encerclée, elle rentre dans ses chaussures. Elle perd une botte ; elle est restée collée dans la boue, qui a fait ventouse. Tant pis, il faut continuer, pas le temps de la récupérer. Elle lutte maintenant contre les vagues qui viennent régulièrement lui frapper le dos. Sa force est démultipliée, comme si elle était portée par des mains invisibles. À bout de forces, elle arrive et s'effondre dans les bras de Gaëlle qui est en pleurs. L'homme la soulève comme une poupée et l'emmène jusqu'à la maison. La maman de Gaëlle est bouleversée. Elle a perdu une amie, une année, dans les mêmes circonstances - elle ne s'en était pas sortie. Tout le monde est soulagé qu'elle soit là saine et sauve. Sa tante lui fait promettre de ne plus partir seule. Louise a compris à ses dépens que l'océan peut être dangereux. Elle monte dans sa chambre pour se changer, elle est trempée de la tête aux pieds. C'est une fois réchauffée qu'elle comprend à quel véritable danger elle vient d'échapper, et elle a alors un immense frisson qui la traverse de haut en bas.

En avril, pour son anniversaire, elle reçoit une jolie carte de son père. André en a choisi une avec un oiseau très coloré dans un arbre. Il sait que Louise adore la nature. Quand la carte s'ouvre, on entend des notes de musique imitant le chant de l'oiseau. Sa lettre est brève. André n'a jamais su faire de longues lettres, même à Annie. Il est pudique et n'étale pas ses sentiments. Il veut la revoir pour les vacances. Il avait pris sa plus belle écriture et pour une fois avait fait un effort pour laisser parler son cœur :
« Ma Chérie, je te souhaite un très bon anniversaire. Tu me manques terriblement, mais la vie ici est encore douloureuse et difficile. J'ai besoin de te voir et de te serrer dans mes bras, j'attends les vacances avec impatience, j'ai décidé de venir une semaine en Bretagne, tu reviendras ensuite avec moi dans le Béarn. Je prends soin de ta cabane. Un écureuil y a élu domicile : j'ai découvert un tas de noisettes sur le banc. Cette année la nature est généreuse, j'ai trouvé des champignons, des cèpes, ceux que ta maman aimait tant. »

Il marque une pause, des larmes ont brouillé sa vue mais il se ressaisit, une carte d'anniversaire doit être gaie. Il reprend :

« Je ne t'oublie pas, tu es constamment avec moi dans mes pensées. Je termine en te faisant d'énormes bisous et je compte les jours pour te retrouver. J'ai aperçu Lola hier, elle t'embrasse aussi. Ton Papa. »

Louise le connaît et elle lit entre les lignes tout ce qu'il n'a pas écrit. Elle a soudain besoin de prendre l'air, de sentir le vent fouetter son visage, de libérer les larmes qu'elle retient et qui lui brûlent les yeux. Elle aperçoit l'homme qui l'a portée lors de sa mauvaise aventure, il lui fait signe de la main. Il pourrait être son grand-père, la soixantaine, les cheveux gris. Louise a appris qu'il est veuf depuis peu. Il est seul, il n'a pas eu d'enfants. Tout le monde l'appelle Papi Pierrot. Il est encore là, comme pour la soutenir encore une fois. Ce simple geste la réconforte. Ici elle ressent la bienveillance des gens. Tous savent ce qui lui est arrivé, et naturellement ils veillent sur elle. Ses parents sont des enfants du pays, et ils se sentent concernés par cette triste histoire. Ils ont été les témoins de cette belle histoire d'amour entre André et Annie, ils n'ont pas oublié leurs rires, leur mariage et la naissance de la petite. Même s'ils s'étaient perdus de vue depuis, ils sont redevenus les amis de toujours, solidaires dans la peine, comme André l'a été pour eux à l'époque où il fallait se serrer la ceinture. Louise regagne le domicile apaisée. Elle se plonge dans ses révisions avant l'arrivée de sa tante. Elle appellera son père ce soir pour le remercier et lui dire qu'elle aussi a hâte de le revoir.

Ce matin Louise répond à Lola. Dans son courrier elle lui raconte sa nouvelle vie :

« Ma très chère Lola, déjà deux mois que je suis ici. J'y suis bien. J'aime voir l'océan, sentir l'air iodé, courir dans les fougères. Je me suis fait beaucoup d'amis au collège et le temps passe vite ; ici je fais des tas choses différentes, je n'ai pas trop le temps de penser et c'est ce qu'il me fallait. Ma cousine Gaëlle m'a été un précieux réconfort et même si le Béarn me manque, je pense que j'irai au lycée ici, j'ai encore besoin de tous ces changements pour accepter la mort de ma Maman.

Peut-être pourras-tu venir quelques jours en Bretagne ? Je pourrais te faire découvrir mon nouvel univers. Je suis contente de revenir pour les vacances te retrouver mais aussi pour revoir ma maison, ressentir la présence de ma mère même si je sais qu'elle n'est plus là. À très bientôt, moi aussi je suis impatiente de te serrer dans mes bras.

Bonne chance pour ton examen de fin d'année. Louise. »

7

Les beaux jours sont là, le soleil est de plus en plus chaud. Il incite à la paresse mais pas question de rêvasser, Louise doit travailler pour réussir son examen et son passage au lycée. De son côté Lola a mis les compétitions en suspens, elle a le nez dans ses bouquins toute la journée. C'est la meilleure élève de sa classe et Julie est très fière de sa fille. L'accident les a rapprochées, Julie s'est maintes fois posé la question : et si cela m'était arrivé à moi ?

Elle s'est revue avec Alain au début de leur rencontre, à son émerveillement quand il l'avait amenée ici pour la première fois, à leur arrivée dans cette maison. Julie se souvient de son enthousiasme à la transformer pour créer leur nid douillet, de leur bonheur d'être ensemble tous les deux puis de la naissance de Lola. Elle se demande pourquoi elle s'est tant éloignée de ses valeurs. Elle aimait les choses simples, tous deux sont d'origine modeste et sa vie est devenue sans qu'elle s'en rende compte superficielle. L'argent a peu à peu modifié ses envies, elle en a presque oublié ses origines. Elle veut se retrouver, recommencer à peindre et avoir des souvenirs avec Lola. Sa fille a grandi trop vite. Désormais, elles passent beaucoup de temps toutes les deux. Leurs activités préférées c'est flâner dans les magasins, puis se retrouver dans un petit restaurant pour discuter, rire et manger la spécialité du coin. Des choses que l'on fait entre filles. Elles s'aperçoivent qu'elles ont souvent les mêmes goûts.

Le jour des examens est arrivé. Louise et Lola ont une pensée l'une pour l'autre, et les épreuves commencent. Pour Lola ce fut une formalité. Pour Louise, la difficulté ne fut pas devant sa feuille. Elle a dû partir au collège sans le soutien de sa maman. Gaëlle l'a bien accompagnée pour cette épreuve qu'elles passent toutes les deux, mais il lui manque quelque chose : les encouragements d'Annie. Elle avait imaginé le mot qu'elle n'aurait pas manqué de lui dire, le petit dessert qu'elle aurait glissé dans son cartable en lui disant :

Au cas où tu aurais une baisse de forme. Je suis avec toi et je pense à toi. Bonne chance mon ange.

Elle avait ravalé sa salive et courageusement s'était rendue au collège. Cette journée s'achève enfin, elle signe le départ des vacances qui commencent. Lundi prochain son père doit venir la chercher. Il a décidé de rester quelques jours en Bretagne. Il pourra revoir ses amis d'enfance et montrer à sa fille les endroits qu'ils fréquentaient avec Annie avant leur départ pour la campagne béarnaise. Il veut aussi s'assurer que Louise a pris la bonne décision pour le lycée. Sa sœur lui a affirmé qu'elle pouvait continuer d'héberger sa nièce, mais il veut en avoir le cœur net. Il commence à aller mieux et il sait qu'une adolescente est une charge importante. Même si Louise est très respectueuse, son caractère va de plus en plus s'affirmer.

Son père arrive enfin. Il a les bras chargés de cadeaux pour tout le monde et un panier rempli de spécialités béarnaises. Sa sœur est contente de le voir. C'est une famille pudique, ils se fréquentent peu mais ils sont là les uns pour les autres. Ils ont des tas de choses à se dire, mais pour le moment toute l'attention d'André se porte sur Louise.

« Comme tu as changé, tu deviens une belle jeune fille ! »

Il la prend longtemps dans ses bras, il a besoin de ce contact, elle lui a tant manqué !

« Montre-moi ta chambre, je veux ramener pleins d'images avec moi pour la rentrée puisque tu envisages de rester ici. » Ils montent à l'étage et André en profite pour lui parler de ce qui l'attend à la maison, de ses nouvelles plantations, les nouveautés au village.

« Tous tes amis veulent te voir et une fête est organisée. Le papa de Lola nous autorise à la faire dans le parc, vous pourrez même vous baigner car il a fait installer une piscine. »

Il lui raconte tout ce qui est arrivé en son absence, mais il ne parle pas de ce long calvaire qu'il a dû surmonter. Des nuits sans sommeil, des matins sans entrain, des soirs seul devant une cheminée qu'il n'avait pas envie d'allumer. Il a perdu huit kilos. Ses joues sont creusées et ses pantalons trop grands, mais il ne se plaint pas. Pas un seul mot de ce long passage à vide. Seule la pensée de Louise l'a empêché de plonger dans un voyage sans retour. Alain fut d'une aide précieuse, il passa tous les soirs pour le voir, prétextant un problème qu'il avait remarqué en remontant chez lui ou une course à lui faire faire pour le lendemain. André n'était pas dupe et, petit à petit, il a recommencé à vivre. Je dois penser à Louise, se répétait-il, elle a besoin de moi. Je le dois à Annie. À son tour, elle lui énumère toutes les choses qu'elle a faites avec Gaëlle. La pêche aux coquillages, les sorties avec ses nouveaux amis, les longues balades à vélo sur les chemins qui mènent à l'océan. Mais personne ne lui parlera de l'incident qui leur a fait si peur ce samedi matin-là inutile de lui rajouter une angoisse supplémentaire. Ils redescendent enfin et André peut s'entretenir avec Solange pendant que les filles vont faire quelques dernières courses pour le repas.

Son beau-frère Bruno arrive, c'est un grand gaillard, il est marin sur un chalutier. Aujourd'hui la pêche a été bonne. Il ramène un panier de sardines toutes fraîches.

« Nous les ferons sur le grill ce soir », dit Solange à son frère.

— Cela te rappellera des souvenirs de ta jeunesse ! »

En effet, combien de soirées se sont terminées ainsi devant le barbecue, avec tous ses amis autour d'un bon feu de bois à regarder l'océan !
« Et si on les mangeait sur la plage, comme avant ? Je pourrai faire venir mes amis et leur présenter Louise. »
Sa sœur regarde le panier rempli et lui dit :
« Tu as raison, il y en a beaucoup trop pour nous, et puis nous aussi cela nous ramènera plusieurs années en arrière. » Elle rit et regarde Ivan, qui rit aussi avec elle.
André se décide à aborder le sujet de Louise avec sa sœur et son beau-frère. Il a peur que cette charge supplémentaire pèse trop sur leur famille. Il a conscience qu'ils l'ont déjà bien aidé en la prenant chez eux pendant ces quatre derniers mois. Mais Solange est convaincante. Elle souligne que Louise s'entend parfaitement avec Gaëlle et finalement, ils sont rassurés qu'elles soient toujours ensemble, car les voisins les plus proches sont à un kilomètre et maintenant, Gaëlle ne fait plus la route toute seule pour rentrer. De plus, toutes deux sont devenues inséparables. Gaëlle serait très affectée si Louise partait maintenant. André se laisse petit à petit persuader que c'est la meilleure solution. Le lycée qu'elle va fréquenter est excellent, il a une bonne réputation.
Sa décision est prise, Louise pourra rester ici et finir sa scolarité avec Gaëlle. Quand les filles reviennent, il le dit à Louise, qui explose de joie. Voir ce beau sourire sur le visage de sa fille vaut bien le sacrifice de son absence le soir, lorsqu'il rentrera du travail. Ils organisent leur soirée, appellent les amis d'André et se préparent pour la plage. Les trois copains d'André arrivent avec un pack de bières.
« Comme avant ! lancent-ils à André. À la bonne franquette, pas besoin de verres. »
Leurs femmes ont préparé les crêpes pour le dessert. Tout y est, pas besoin de plus.
Ils se replongent tous vingt ans plus tôt. Ils étaient alors

insouciants et pleins de projets pour leur vie qui commençait. Seul André est parti faire sa vie ailleurs quand les entreprises ont fermé les unes après les autres. Ses amis, malgré de longues années de galère, sont restés en Bretagne. Aujourd'hui ils ont pu rebondir, mais après beaucoup de privations. Ils sont pour un soir à nouveau des adolescents qui se retrouvent, à siroter leur bière devant le feu et à rire de leurs aventures de jeunesse. André leur présente sa fille. Louise connaît déjà leurs enfants, ils allaient au collège ensemble et, l'année prochaine, plusieurs iront dans son lycée. Ils passent une soirée délicieuse, les adultes à se remémorer le bon vieux temps et les jeunes à imiter leurs parents à leurs âges. Une chose de plus à raconter à Lola, pense Louise.

Pendant une semaine André en profite pour faire le tour de ses souvenirs. Il va sur la tombe de ses parents avec Louise. Il lui raconte encore l'histoire de cette tempête qui avait retourné le bateau de pêche de son père, et de sa mère qui mourut de chagrin peu de temps après la découverte de son corps. Il retourne sur des lieux importants pour lui et Annie. Parfois avec Louise et souvent seul, avec Annie au fond de son cœur. Cette semaine sera importante pour lui, elle lui permettra de faire son deuil. De dire au revoir à la femme qu'il aimait depuis qu'ils étaient adolescents.

Il se souvient de la vogue annuelle, l'année de ses dix-sept ans. Annie toujours a ses côtés avec sa bande d'amis. Ils avaient passé tout l'après-midi à faire des manèges et le soir, ils s'étaient retrouvés au bal. Pour la première fois Annie avait eu l'autorisation d'y participer jusqu'à minuit. Elle avait quinze ans. Annie était si jolie dans sa jupe rouge et son corsage blanc, si irrésistible que, sur une musique romantique de Jean-François Michaël Adieu Jolie Candy, leur amitié s'était transformée comme par magie. Un seul regard plus soutenu que d'habitude, une hésitation, une gêne, avant qu'ils ne comprennent que leur belle histoire d'amour démarrait ce jour-là. Les joues d'Annie avaient rougi, il avait pris délicatement une mèche de ses cheveux entre ses doigts et lui avait déposé un baiser timide sur ses lèvres entrouvertes. Depuis ce jour-là, ils étaient inséparables. Il revoit à chaque détour de rue leurs escapades, leur complicité, puis leur mariage et la naissance de Louise.

Ce retour en arrière fut douloureux mais bénéfique, il doit tourner la page et regarder devant. Le lundi suivant ils retournent dans le Béarn, il a le cœur plus léger, même si l'avenir lui paraît encore flou. Il se concentre sur Louise, elle est son seul moteur pour l'instant. La veille de partir Louise l'interpelle :

« Papa, peut-on emmener Gaëlle avec nous ? J'aimerais qu'elle vienne à la fête avec moi. Je pourrais lui présenter mes amis et elle veut voir la cabane que tu m'as fabriquée.

— J'allais te le proposer. Cela soulagera ta tante, allez faire vos valises si ta tante est d'accord bien sûr ! »

8

Le lundi matin ils arrivent dans le Béarn. Les filles descendent de voiture et Gaëlle découvre la jolie maison en pierres blanches. La vigne vierge est verte à cette époque. Elle recouvre tout un pan de la maison.
« C'est tellement vert, partout des arbres et des sapins. C'est magnifique ! s'exclame Gaëlle.
— Viens, allons à la cabane, elle m'a manqué. On revient papa !
— Oui, allez-y, heureusement qu'avant de partir je l'avais bien nettoyée. »
Elles courent dans la forêt jusqu'au chêne centenaire qui abrite sa petite maison. Elle est toujours là ! Comme c'est réconfortant ! Elles grimpent à l'échelle et se retrouvent à l'intérieur. En voyant les jolis coussins et les rideaux qu'Annie avait confectionnés, Louise a un pincement au cœur, le même que sur la route quand ils sont passés dans le virage qui fut fatal à sa maman. Gaëlle le voit et aussitôt elle capte son attention.
« Elle est telle que tu me l'avais décrite, je l'adore. Tu crois que l'on pourrait dormir une nuit dedans ?
— Pourquoi pas ! Je ne l'ai jamais fait. Ce serait génial. Je demanderai à mon père tout à l'heure. »
Elles restent toutes les deux à discuter. Louise lui commente les photos qui sont au mur.
« Cette année, il y aura la tienne, nous ferons des photos pendant la fête samedi. Ce sera une belle journée, j'ai déjà envie d'y être. »

Elles sont excitées de cette belle soirée qui s'annonce. Vers midi leur ventre les rappelle à l'ordre, elles redescendent vers la maison en longeant la rivière. Le soleil provoque des milliers de petits scintillements à la surface de l'eau, ce qui rend le paysage un peu féerique. Louise se revoit enfant quand elle suivait André partout, elle connaît tous les recoins de la propriété. Pendant le repas Louise aborde l'idée de Gaëlle :

« Quelle bonne idée ! Je vais vous acheter des matelas gonflables, ce sera plus confortable. »

Les filles se font un clin d'œil, décidément ces vacances s'annoncent mémorables ! L'après-midi elles décident d'aller au village. Louise veut lui montrer son ancien collège et elles verront peut-être quelques amis en chemin. À pied, en coupant par les coursives, il faut une bonne demi-heure pour arriver. Elles meurent de soif, la chaleur en ce mois de juillet est étouffante. En arrivant, elles s'arrêtent au bistro du coin. Sur la terrasse à l'ombre d'un arbre, elles commandent une grenadine. Tout en la sirotant, Louise lui raconte des histoires de son enfance et Gaëlle tout en l'écoutant, savoure ses vacances qui débutent. Au bout d'un quart d'heure Louise aperçoit Luca, un ami de classe. Elle l'interpelle et il les rejoint. C'est un gentil garçon, il a toujours fait partie du groupe de Louise et Lola, maintenant c'est un jeune-homme. Il est grand et mince, à côté de lui on se sent bien, Luca n'est pas un manuel mais plutôt intellectuel, et il a toujours des tas de choses à raconter, parfois un peu difficile à saisir quand il part dans des discours scientifiques. Aujourd'hui il ne porte plus ses lunettes, il les a troquées contre des lentilles et cela lui va bien, il est brun avec de grands yeux verts. On peut dire aujourd'hui que c'est un beau garçon. Louise remarque que Gaëlle l'observe bizarrement. Elle n'a jamais vu ce regard, un peu mystérieux. Ils discutent un bon moment puis Luca prend congé, il doit aider son père à rentrer du bois. Ils se disent à

samedi. Luca vient pour la fête, ce qui semble faire plaisir à Gaëlle. Elles se baladent encore pendant une bonne partie de l'après-midi puis elles rentrent en flânant. Gaëlle lui pose des questions sur Luca, ce qui ne manque pas d'attiser la curiosité de Louise.
« Il t'intéresse ? Je ne t'ai jamais vue comme ça.
— Je le trouve beau, tu crois qu'il sort avec quelqu'un ?
— Aucune idée, je me renseignerai auprès de Lola, je la vois demain matin, on a plein de choses à se dire. Elle entraîne son double poney à neuf heures, ensuite nous allons nous baigner. Tu nous rejoindras quand tu seras réveillée, je vais te la présenter. »
— D'accord, j'arriverai vers dix heures et demie, cela vous laissera le temps de parler et moi de dormir, je suis éreintée, sûrement le changement de climat. »
Le lendemain Louise se rend vers le manège. Lola l'attend, elle a sellé son double-poney et un nouveau cheval, alezan, très fin. Il paraît nerveux. Louise marque une hésitation et s'arrête, mais elle voit que Lola le maîtrise parfaitement.
« Il a du "jus" ! » lui crie Lola en l'apercevant.
Louise s'approche avec précaution de Lola, son cheval piaffe d'impatience. Après qu'elles se sont longuement embrassées, son amie lui suggère d'aller faire un tour à cheval.
« J'aimerais faire une balade, ça te tente ? Je t'ai préparé Fréro, mon ami depuis cinq ans, il est bien dressé, et surtout il est très calme. Tu n'auras qu'à me suivre.
— Et lui ? Demande Louise en désignant l'autre monture.
— C'est mon cheval, un cadeau de mon père. Je l'ai eu pour mon bon résultat à l'examen de fin d'année. L'année prochaine je commence des concours dans la catégorie au-dessus, et Rubi a tout ce qu'il faut pour réussir. À moi de faire le reste. »
Lola commence à parler dressage et obstacle, elle est intarissable. Louise l'écoute. Sa passion est communicative.
« Tu sais que je ne suis jamais montée à cheval ? » lui dit-elle.

— Attends, je vais t'aider, mets ton pied gauche dans l'étrier et attrape la selle, à trois tu sautes. »

Quand Louise saute, Lola lui donne une impulsion et la soulève sur la selle. Elle s'assure que la sangle de Fréro est suffisamment serrée, lui règle ses étriers et lui tend une bombe que Louise ajuste sur sa tête. Puis Lola monte sur Rubi. Cette fois-ci, il se cabre légèrement de plaisir. Il a compris qu'il va partir et pousse un petit hennissement. Les voilà sur les chemins de la propriété. Lola s'est mise au niveau de Louise et lui prodigue des recommandations, tout en lui parlant de ce qui s'est passé au village depuis son départ. Louise se détend, sa monture est en effet très docile. En retour, elle lui raconte ses quatre mois en Bretagne, sa mauvaise aventure au bord de l'océan, sa belle réussite à son examen avec mention et les retrouvailles avec son père qui lui a tellement manqué. Les deux amies se retrouvent comme si elles s'étaient quittées la veille.

« Nous allons trotter, suis le mouvement de ton cheval, tu te lèves et tu te rassoies, essaie, je reste à côté de toi.

— Facile à dire, je n'y arrive pas, mes fesses rebondissent avant.

— Essaie encore, tu vas trouver le bon rythme. »

Après de longs essais, Louise commence à comprendre. De temps en temps son derrière redescend encore trop vite, mais elle se ressaisit et finit par s'aligner sur le tempo du cheval, ce qui est beaucoup plus confortable pour elle et pour Fréro. Le paysage est sublime. À l'approche de la forêt les chevaux changent d'attitude, ils se tendent et tirent sur les rênes.

« Que se passe-t-il ? Fréro s'agite s'inquiète Louise.

— Ils veulent galoper. Mets-toi au fond de ta selle et suis le balancement. »

Sans la laisser réfléchir, Lola lâche la bride à Rubi et il part au galop, suivi par Fréro qui n'attendait que cela. Louise panique un peu au début. Puis lentement elle commence à apprécier le mouvement. Elle préfère nettement cette allure au trot, et cette vitesse lui donne une sensation de liberté. Elles laissent les chevaux galoper, Lola passe devant, de temps en temps elle se baisse pour éviter une branche trop basse et Louise l'imite aussitôt. Elles finissent leur promenade au pas, en lâchant les rênes pour que les chevaux puissent se détendre. Arrivées au manège, elles descendent, font boire les chevaux, puis les amènent au pré. Après quelques cabrioles, Ils se couchent sur le dos les quatre fers en l'air, puis tranquillement ils se remettent debout et commencent à brouter.

« Quelle belle balade, je ne pensais pas que j'aimerais ça !

— Reviens tous les matins si ton père est d'accord, les chevaux ont besoin d'exercice quotidien et j'ai du mal à les sortir tous les deux maintenant. Même s'ils ont beaucoup d'espace, la balade c'est ce qu'ils préfèrent. Allons à la maison, j'ai très soif pas toi ? »

Sans la laisser répondre Lola se dirige vers l'entrée. Louise remarque que Julie a changé toute la décoration. Les couleurs sont vives, l'ambiance est plus gaie. Justement elle arrive et salue Louise. Elle leur propose une limonade et les installe dans le jardin d'hiver. Elle n'a pas changé physiquement mais elle la trouve moins distante qu'avant envers elle, quelque chose est modifié dans son attitude mais ce ne semble pas être de l'empathie à l'égard de Louise. Lola, plus tard, lui donnera la réponse à son intuition en lui expliquant que Julie s'est profondément remise en cause depuis un an.

« Tu sais, depuis l'accident de ta maman, avec ma mère nous nous sommes beaucoup rapprochées. Elle a compris que la vie tient à peu de choses et elle a eu peur de me perdre à son tour. Nous avons énormément parlé, elle a envie de faire plein de choses qu'elle avait mis en suspens. Elle a aussi repris la peinture, son style est différent. Nous passerons par l'atelier, je te montrerai si elle est d'accord ! »

9

Machinalement Louise regarde l'heure :
« Oh, Gaëlle va arriver, elle voulait nous laisser le temps de nous retrouver avant de venir. Et aussi de dormir ! Elle était épuisée. Nous sommes allées jusqu'au village hier. En fait, nous avons vu Luca. Elle a un peu flashé dessus, tu crois qu'il est avec quelqu'un ?
— Non, libre comme l'air. Trop studieux pour s'intéresser à autre chose que les livres. »
Elles se dirigent vers la piscine. Alain l'a choisie à débordement, elle n'est pas très grande mais bien située, plein sud. Elles aperçoivent Gaëlle et Louise lui fait un signe de la main. Elle lui présente son amie :
« Voici Lola. »
Elles s'embrassent et Lola toujours aussi expéditive dit :
« Tout le monde à l'eau, j'ai besoin d'un bon bain, pas vous ? »
Tout en nageant Gaëlle fait connaissance avec Lola, Louise lui en avait tellement parlé qu'elle avait hâte de la rencontrer. Elles se sèchent au soleil et se couchent sur les chaises longues. En très peu de temps, elles sont devenues complices, maintenant avec Louise elles sont comme trois sœurs. Lola est très entourée mais Louise et Gaëlle sont importantes à ses yeux. Il n'existe pas de rivalité entres elles, Lola ne sera jamais en compétition avec elles. Elle peut se livrer en toute confiance, jamais Louise ne la trahira. Depuis toujours Lola baigne dans ce monde impitoyable des

concours. Toutes ces personnes qu'elle avait imaginées être ses amies et qui n'avaient pas hésité à lui marcher dessus pour être les premières. Elle a appris leur stratagème et elle est devenue pareil, un vrai requin quand elle désire gagner. En somme aujourd'hui, elle a la sensibilité de sa mère et la rage de son père. Alain lui a tout appris côté bataille, même à accepter la défaite.

« Il faut tirer des enseignements de ses échecs pour mieux repartir ! » lui disait-il. Maintenant, c'est sûr, elle est « armée » pour devenir une leader, et son père en est fier. Mais Julie, depuis quatre mois, a repris les choses en main et, grâce à la complicité qu'elle a nouée avec sa fille, elle lui inculque des valeurs axées sur la beauté de la nature qu'il faut préserver et sur la protection des animaux. Elle lui apprend également à s'écouter, à prendre du temps pour elle. Louise l'a ressenti, son amie est plus posée, jamais auparavant elle ne se serait prélassée pendant deux heures sur des transats. Elle la voit un peu plus vulnérable, mais elle ne le lui dira pas car elle trouve que cela la rend plus jolie. Louise propose d'aller à la cabane, dans son refuge. C'est la première fois qu'elle y emmène Lola. Elles ne se voyaient pratiquement plus, à part au collège, et Louise avait pris l'habitude d'être seule. Elle est ravie de la lui montrer enfin. En chemin Lola parle de Luca à Gaëlle, elle lui dit sur le ton de la plaisanterie qu'elle aura une chance de le séduire si elle lui parle de sciences. Gaëlle rit et promet de lire la dernière revue scientifique avant samedi. Elles dévalent le sentier jusqu'à l'arbre centenaire et Lola est subjuguée par la beauté de ce chêne.

« C'est la première fois que je le vois.

— Il n'est pas facile d'accès et la végétation le protège des regards. C'est une belle cachette, tu sais, j'y ai passé des heures à écouter les oiseaux, à lire et à rêver » répond Louise.

Lola sait que Gaëlle est déjà venue la voir et elle ressent un petit sentiment de jalousie, mais elle ne dit rien. Après tout c'est sa faute. Louise lui a parlé de ce cadeau que son papa

lui a fait, mais, toute à ses occupations, elle n'y a pas prêté attention. Louise ouvre la porte et Lola n'est pas déçue.
« Elle est tellement magnifique ! »
Puis elle fait le tour et regarde les photos au mur. Elle voit celles que la maman de Louise avait faites pour les cinq ans de Louise, et notamment celle où elles sont toutes les deux. Cela lui fait plaisir. Louise lui dit qu'elles pourront coucher dedans une nuit, son père est d'accord.
« Lola, demande à tes parents si tu peux venir dormir aussi, ce serait tellement chouette !
— Oh oui, je ne veux pas rater ça. »
La semaine passe à une allure folle. Les trois amies ne se quittent pas. Elles organisent la fête pour Louise et leur soirée à la cabane.
Le vendredi les filles vont faire les boutiques pour les derniers achats. Alain et André ont mis la main à la poche pour que cette fête soit très réussie. Tous les amis de classe de Louise seront là. Elle ne les a pas revus depuis ce jour où elle a dû partir précipitamment. Le soir elles vont préparer leur cabane pour la nuit. André a apporté les matelas, il les a gonflés et Alain a fourni les sacs de couchage. Avec cette chaleur, elles n'auront pas froid. Enfin, c'est samedi et le soleil est au rendez-vous. Louise trépigne d'impatience, elle oscille entre l'excitation de revoir ses amis et la nostalgie. Cette fête ne se serait pas faite sans l'accident et le décès d'Annie. Elle essaie de voir le positif, et la joie de son père, tout à sa préparation, lui donne du baume au cœur. À midi il est prévu qu'ils se rejoignent tous dans un pré proche de la piscine. Un grand pique-nique a été organisé. Les trois filles sont sur le qui-vive depuis une demi-heure, elles attendent les invités. Ils arrivent les uns après les autres, et Louise n'en finit pas de les embrasser et de leur raconter ses quatre mois en Bretagne. Puis des groupes se forment autour des tables improvisées. Luca se retrouve à celle du nouveau trio avec deux de ses amis, et deux autres filles les rejoignent. Les

53

conversations vont bon train. Comme prévu Luca parle de science avec Thomas et Quentin, et ils sont très sérieux. Tous les autres savourent ce moment et abordent des sujets beaucoup plus légers. C'est les vacances et pas question de refaire le monde aujourd'hui. Néanmoins, Gaëlle tente une petite percée dans leur conversation en relatant un fait qu'elle a lu dans la fameuse revue scientifique. Surpris, Luca la regarde et lui sourit, ce qui la fait rougir. Elle se cache derrière ses boucles blond doré et ses petits yeux bleu clair pétillent de satisfaction. Cet épisode n'a pas échappé aux regards de Lola et Louise qui se font un signe de connivence. L'après-midi les adolescents ne se font pas prier pour profiter des jeux de la piscine, et des cris de joie parviennent jusqu'à la maison d'André. Il sourit, sa petite fille a repris le cours de sa vie. Cela le réconforte. Aujourd'hui, si Annie les regarde, elle doit être apaisée. La journée se termine par une soirée dansante animée par un « DJ ». Petit à petit, des couples se forment sous la complicité de ce magnifique ciel étoilé, on les distingue se rapprocher puis s'enlacer dans la pénombre. Gaëlle et Luca flirtent sur un slow pendant que Louise et Lola vont fumer en cachette leur première cigarette. Elles toussent et n'aiment pas ça. Lola promet de ne pas recommencer et Louise éclate de rire. Pour la première fois depuis ces quatre mois elle se lâche. Elles finissent la soirée à danser sur des rythmes endiablés. Gaëlle les rejoint, Luca a dû partir et leurs regards complices laissent deviner leurs pensées. Louise et Lola sont contentes pour Gaëlle, ce soir elle est sur son petit nuage. Petit à petit les invités s'en vont. Il est temps pour les filles de rejoindre la cabane.

Il fait nuit mais la pleine lune allume un peu le paysage. Elles prennent leur lampe de poche et se dirigent gaiement dans les sentiers escarpés. Un grand bruit les fait sursauter, une chouette à leur approche s'est envolée et leur frôle les cheveux. Elles crient de surprise puis rient. Elles sont heureuses et ce soir rien ne pourra entacher leur joie.

10

Elles arrivent enfin et grimpent jusqu'à l'entrée. Elles avaient oublié de fermer les fenêtres et elles se rendent vite compte que des moustiques sont entrés. Munies chacune d'une tapette ou d'un livre, elles partent à la chasse de ses petits insectes indésirables. Puis Louise allume une bougie à la citronnelle. La lumière de la bougie les plonge dans une douce intimité, propice aux confidences. Lola se lance la première. Elle raconte son désarroi lorsqu'elle avait vu une fille, qu'elle pensait être son amie, lui changer sa partition sur le pupitre de son piano lors d'un concours.

« Je n'en croyais pas mes yeux, je l'ai aperçue de loin se diriger vers mon piano. Intriguée, je l'ai suivie du regard et, stupéfaite, j'ai assisté à sa trahison. Elle a tourné les pages de mon livre et s'est éloignée comme si de rien n'était. Heureusement j'ai eu le temps de retourner jusqu'au pupitre et j'ai remis ma musique. Cependant, je suis restée perturbée et ma prestation s'en était ressentie, je n'ai fini que deuxième, mais à ma grande joie, devant elle. Elle m'a regardée et on ne s'est plus jamais adressé la parole.

— Quelle audace ! s'exclame Gaëlle, Il faut être sacrément perverse pour faire une chose pareille. Moi, je dois vous dire que j'ai eu mon premier flirt avec un garçon ce soir, et j'en suis encore tout émue. Je ne vous donne pas le nom de l'élu, je pense que vous l'avez deviné ! »

Elles éclatent de rire toutes les trois. Louise et Lola la charrient un peu en lui posant des questions coquines auxquelles elle ne répondra pas. Elle préfère garder pour elle cette toute petite intimité. Pour la première fois elle a ressenti cette douce chaleur qui réchauffe le corps.

« Eh bien moi, vous n'allez pas le croire, mais j'ai vu ici même une biche mettre bas au printemps l'année passée. Je l'ai vue arriver et se coucher délicatement dans l'herbe, et je pensais qu'elle voulait juste dormir. Ce tableau était déjà magnifique. Cependant je trouvais qu'elle respirait bizarrement. Je pensais en parler à mon père pour lui signaler qu'elle était peut-être malade, mais tout à coup j'ai vu surgir les pattes du faon. J'ai alors compris immédiatement. J'étais scotchée sur ma chaise. J'osais à peine respirer de peur qu'elle ne m'aperçoive. Elle a eu un bébé qu'elle léchait sans arrêt. Au bout d'un long moment il s'est mis debout, a tété sa mère, puis ils sont partis lentement en direction de la rivière. Jamais je n'oublierai ça ! »

Elles continuent de parler quelques minutes puis viennent les premiers bâillements. Elles plongent bientôt dans un profond sommeil réparateur. Louise est la première à se réveiller. Elle en profite pour faire une photo des deux filles encore endormies. Elle pense à la soirée d'hier. Quelle magnifique journée, tout était parfait ! Elle se souviendra longtemps de cette fête très réussie et de cette nuit à la cabane avec ses deux meilleures amies. Le silence est vite rompu par la nature qui se réveille. D'abord le chant des oiseaux, puis les branches qui craquent au passage d'animaux. Lola se lève et vient la rejoindre. À cet instant, une linotte mélodieuse fait entendre son chant musical, elles l'écoutent religieusement car leur nombre a diminué ces dernières années. Quel dommage ! Cette espèce est en voie de disparition et la maman de Lola, qui s'occupe de la protection animale, a constaté que plusieurs autres le sont aussi. Gaëlle se réveille à son tour. Puis ensemble elles rangent un peu et se dirigent vers la maison de Louise. André leur a préparé le petit déjeuner. Déjà une semaine de passée, pense-t-il.

Louise va rester encore un mois avec lui, puis il lui faudra repartir pour préparer sa rentrée.

Les filles organisent leur journée, qui s'annonce aussi chaude que la veille. Elles veulent aller au lac, il se trouve non loin du village. Avec cette chaleur les baignades seront appréciables. Lola remonte chez elle et vers quatorze heures elles se feront amener par Alain, qui pourra faire un crochet avant d'aller à son entreprise. En attendant Louise et Gaëlle décident de préparer le repas. André pourra se reposer un peu avant de repartir. Elles s'activent et avec ce qu'elles trouvent dans le frigo, elles confectionnent un déjeuner appétissant. Elles sont fières et, tout en papotant, attendent André en mettant le couvert. André arrive et sourit de plaisir quand il sent la bonne odeur qui sort des casseroles. Ils s'installent tous les trois à table et André raconte sa matinée aux filles. En retour elles lui énumèrent tout ce qui s'est passé la veille, en occultant le flirt de Gaëlle et l'initiation à la première cigarette pour Lola et Louise. Vers quatorze heures le klaxon d'Alain se fait entendre, les filles se précipitent dehors et rejoignent Lola dans la voiture. Les voilà parties pour le lac.

Quand elles arrivent il ne reste plus de places à l'ombre. Des familles sont venues pour pique-niquer et ont pris les meilleurs emplacements. Les filles, qui veulent bronzer, décident de s'installer près du lac ; elles pourront ainsi alterner les séances de bronzage et les bains pour se rafraîchir. Elles s'allongent sur leur serviette au soleil. Il fait vraiment très chaud et elles ne tardent pas à courir dans l'eau. Elles font la course en nageant, Lola s'aperçoit que Louise est une excellente nageuse. En Bretagne les cours de natation sont obligatoires et elle s'est perfectionnée. Gaëlle préfère jouer en faisant des sauts carpés. Elle imite les danseuses d'aquagym. Dans le lac c'est plus facile que dans l'océan, l'eau est plus calme. Elles alternent ainsi, toute l'après-midi, bains de soleil et baignades. Dans leur insouciance, elles n'ont pensé à prendre ni chapeau ni crème solaire. Vers seize heures, Lola commence à ressentir les coups de soleil, ses épaules la brûlent et Gaëlle, qui habituellement ne sort jamais sans chapeau, a la tête qui tourne. Louise, qui avait enfilé son tee-shirt et mis un bout de serviette sur la tête, quitte à être ridicule, s'en sort mieux. Elle comprend qu'il faut partir et elle invite ses amies à la suivre. Elles s'exécutent avec plaisir, la baignade est terminée pour aujourd'hui.

Elles trouvent refuge sous un arbre, Lola devient de plus en plus cramoisie, elle a du mal à supporter le frottement de ses vêtements et Gaëlle reste allongée, elle a très mal à la tête. Elle sait qu'elle a un début d'insolation, elle en connaît les symptômes. Elle peste de ne pas avoir pensé à se protéger comme sa mère le lui conseille toujours.

André les récupère comme prévu vers dix-sept heures. Il comprend vite que la couleur de Lola est un peu trop rouge et que Gaëlle, au contraire, a le visage un peu trop blanc. Il regarde Louise qui lui confirme par un signe de tête que ses amies sont mal en point. Il décide alors de les conduire à la pharmacie la plus proche. Le pharmacien, qui a l'habitude de ce genre d'incident, les prend en charge immédiatement. Lola doit se badigeonner de pommade pour les brûlures en criant de douleur, et Gaëlle avale un cachet pour le mal de tête. André ramène Louise et Gaëlle à la maison puis il dépose Lola chez elle. Lola descend péniblement de voiture, elle a mal partout. Julie vient à sa rencontre et la sermonne légèrement. Elle lui sert une citronnade et lui tend un paracétamol pour la douleur. Lola passe une très mauvaise nuit, chaque mouvement est douloureux. Des cloques apparaissent sur ses épaules et sur son ventre. Cela lui servira de leçon ! Gaëlle, quant à elle, a dû rester couchée pendant deux jours avec des serviettes froides sur la tête, et prendre des cachets pour soulager son état fiévreux.

Elles passent le reste de la semaine enfermées dans la cabane au frais, à l'ombre du chêne. Les livres et la musique leur tiennent compagnie, inutile de leur parler de baignade, elles ont eu leur lot. Gaëlle, qui veut revoir Luca, continue de lire les revues scientifiques qu'elle trouve afin de pouvoir l'impressionner à nouveau. Elle l'aperçoit au marché, le lundi suivant au village, c'est sa première sortie. Elle lui raconte sa mésaventure en riant. Puis elle lui débite les quelques articles qu'elle a retenus. Il comprit vite qu'elle n'y connaît rien mais il se tait par courtoisie. Ils se revoient encore quelques fois, pendant que Louise et Lola partent en balade à cheval. Louise perfectionne son équitation. Elle monte régulièrement Fréro, qui à son approche retrousse son nez et avance sa tête pour venir chercher une carotte. Elle chute aussi quelquefois mais toujours en douceur. Elle remonte immédiatement à cheval, maintenant sans l'aide de Lola. Elle s'attache beaucoup à Fréro, elle comprend qu'il va lui manquer.

Les vacances se terminent ainsi dans une douce insouciance. Mais tout a une fin. Le dernier jour elles ne se quittent pas et couchent une deuxième fois dans la cabane. Elles promettent de s'écrire souvent et s'endorment heureuses.

Le dimanche André les réveille de bonne heure, la route pour la Bretagne est longue. Sa sœur les attend pour 16 heures. Il a préparé des sandwichs pour la halte de midi. Gaëlle remet en cachette une lettre pour Luca à Lola. Après plusieurs étreintes, elles montent dans la voiture et André démarre.

La première partie du trajet est silencieuse, chacune pense à ce qu'elle laisse derrière elle : Luca, Lola, Fréro, et surtout le bonheur d'être ensemble tout simplement, avec l'insouciance de leur vie d'adolescentes. Ils arrivent en Bretagne à l'heure prévue, la maman de Gaëlle étreint sa fille, elle lui a beaucoup manqué, c'est la première fois qu'elle partait aussi longtemps.

« Le voyage s'est bien passé ? »
André la rassure en lui disant que le trajet s'est déroulé comme prévu. Tous les trois se mettent à raconter leurs vacances. Des projets fusent déjà pour l'an prochain.
« Il faudra que vous veniez aussi, l'année prochaine, je vous ferai découvrir le Béarn. C'est une belle région !
— Pourquoi pas ! on ne sort pas souvent de notre Bretagne. »
André reste une petite semaine, il s'occupe des dernières démarches pour le lycée de Louise. Ils font les achats de fournitures et il veut lui offrir une nouvelle garde-robe pour la rentrée. Ils vont tous les deux à la ville la plus proche et Louise fait les magasins de vêtements avec son père. Elle trouve qu'il est de bon conseil, et lui se rend compte qu'elle ressemble de plus en plus à sa mère. Il ne peut s'empêcher de penser : Comme elle serait fière ! Le dimanche tout est prêt et il est temps pour André de retourner dans le Béarn. Toute une liste de travaux l'attend.

Le premier jour du lycée, Louise met une jolie tenue toute neuve, elle se sent bien. Gaëlle est un peu triste d'être loin de Luca, mais bientôt elle n'aura plus le temps d'y penser. Le programme est chargé cette année. Louise a choisi la filière scientifique et Gaëlle a préféré s'orienter dans une filière générale. Toutes les deux ne sont pas encore fixées sur le choix de leur futur métier, c'est leurs résultats scolaires plus que leur souhait qui les a guidées. Le week-end, elles continuent d'aller sur la plage pour ramasser des coquillages ou simplement pour regarder le spectacle des vagues qui se brisent sur les rochers.

Elles croisent Papi Pierrot et discutent un peu avec lui. Depuis qu'il est à la retraite, il amène des touristes faire des balades sur son petit voilier. Il a toujours des tas d'anecdotes à leur raconter. Louise se sent bien près de lui. C'est un homme rassurant et toujours à l'écoute des autres. Cette année, Louise peut profiter de la floraison des hortensias. Sa

tante en a de magnifiques bleus et roses devant sa maison, un vrai tableau. C'est sa grande fierté, tous les mois elle les bichonne, leur met de l'engrais végétal et à partir du début de l'été, c'est la récompense. Une explosion de fleurs plus magnifiques les unes que les autres. Souvent les passants s'arrêtent pour les regarder et la féliciter.
Lola de son côté s'est retrouvée bien seule sans ses amies. Heureusement elle a Fréro et Rubi. Fréro aussi semble attendre pendant quelque temps Louise sur le chemin. Puis chacun a repris, bon gré mal gré, son rythme. Lola comme prévu veut être avocate. Elle a intégré un lycée de prestige. Elle y retrouve Hugo, le fils d'une relation de son père. C'est un des seuls en qui elle peut avoir confiance. Ils sont dans la même classe et ils pourront s'aider mutuellement. Lola est très bonne en français et lui en anglais. Elle le soupçonne d'avoir le béguin pour elle, et cela l'amuse. Elle reprend ses compétitions mais elle arrête les récitals de musique. Elle n'aura pas le temps de tout faire, elle a choisi de garder l'équitation. Elle a besoin de cette complicité avec l'animal et de l'adrénaline des concours. Le dressage de Rubi commence à porter ses fruits, il enchaîne les obstacles sans aucune réticence et il est facilement dix centimètres au-dessus de la barre quand il les passe. Au dernier concours elle a fini deuxième, ce qui ne la satisfait pas. Pourtant elle a eu les félicitations de l'entraîneur :
« Rubi avance bien et tu dois continuer sur cette lancée, il ne faut pas le brusquer » lui avait-il dit. Lola le sait mais elle est impatiente, deuxième n'est pas une position acceptable pour elle. Heureusement au lycée les deux premiers trimestres se passent bien, Lola a les encouragements des professeurs ce qui réjouit Alain.
Gaëlle suit difficilement, elle n'est pas très studieuse, les études sont une véritable corvée pour elle. Gaëlle préfère écouter de la musique et courir à travers les rochers. Mais elle s'accroche, Louise est là quand elle a besoin d'aide. Sa-

medi elle reçoit un courrier de Luca, elle s'enferme dans sa chambre pour l'ouvrir. Elle est encore troublée en lisant sa lettre, cependant, avec la distance, elle pense moins à lui. Elle se confie à Louise. Elle la rassure, dès le départ leur relation était difficile. Elle devait se forcer à parcourir des revues qui l'ennuyaient, juste pour saisir son attention. Louise pense que l'amour est naturel et qu'il arrivera un jour pour toutes les trois. Pour le moment Louise se concentre sur ses études et elle engage Gaëlle à en faire autant. Ses résultats sont excellents. Elle est une des premières de sa classe. André qui l'appelle régulièrement est content et rassuré.

11

Julie profite de sa liberté. Lola n'a plus besoin d'elle, aussi depuis janvier elle a ouvert une galerie d'art dans la ville la plus proche. Elle y expose ses œuvres et celles d'autres artistes. Le bouche à oreille fonctionne, elle commence à avoir des clients réguliers. Des entreprises et des particuliers la sollicitent pour la réalisation de tableaux. Elle est très épanouie et cela se voit, elle est resplendissante. Elle y passe beaucoup de temps, délaissant un peu son foyer et ses amies.

C'est elle qui dépose Lola au Lycée le matin. Elles ont encore ce moment privilégié où elles peuvent parler de tout et de rien. Ce jour-là, elle laisse Lola, comme prévu, et part à ses occupations. Tout à ses réflexions sur la journée qui l'attend, elle n'a pas vu la pancarte sur le portail du lycée.

Lola s'approche de l'entrée et lit « certains professeurs sont en grève » elle s'aperçoit qu'elle n'a pas cours ce matin. Elle décide de rentrer seule par le car, sans prévenir. Elle ne veut pas déranger Julie et encore moins son père, qui a un emploi du temps surbooké.

Elle arrive chez elle et, surprise, entrevoit son père dans le jardin d'hiver. Elle va lui faire signe mais se rétracte aussitôt. Il est avec une femme qui n'est pas sa mère. Elle s'approche comme une voleuse en se cachant derrière les arbustes, car l'attitude de son père l'intrigue. Elle le voit sourire, mais ce sourire, elle ne le lui avait jamais vu. Son père a mis de la musique et il s'approche d'elle, Lola ne la voit que de dos. Elle est de taille moyenne et sa chevelure blonde lui descend jusqu'au bas du dos. Sa jupe serrée fait ressortir ses lignes avantageuses. Il l'attrape par la taille et ils se mettent à danser sous les yeux stupéfaits de Lola. Elle aperçoit enfin son visage mais elle ne la connaît pas. Elle aussi a un comportement qui ne lui plaît pas. Sa tête est trop près de celle de son père. Lola reste ainsi tapie dans l'herbe et soudain, Alain enlace cette inconnue et l'embrasse d'un baiser ardent qui n'en finit pas. Lola est pétrifiée. Elle reste cachée dans son bosquet, les branches de l'aubépine lui griffent les jambes, mais elle ne peut pas bouger, elle est paralysée et attend que ce cauchemar se termine. Ce ne peut être qu'un rêve ! Ce père qu'elle adule tellement, celui en qui elle a une confiance inconditionnelle. Pas lui ! Non, pas lui ! Sa poitrine est compressée, elle a du mal à respirer. Elle finit par s'enfuir discrètement dans sa chambre et se cache jusqu'à leur départ. Elle revoit en boucle l'image de ce baiser. Elle aimerait l'effacer mais rien n'y fait, elle revient, lancinante, dans sa tête. Cette après-midi elle devra retourner au lycée, faire comme avant, ne rien laisser paraître, ne pas avouer l'inavouable. D'ailleurs à qui pourrait-elle se confier ? Elle est en colère et se sent terriblement seule au monde. Elle ressent le besoin d'écrire à Louise, de lui dire son mal-être sans toucher mot de cette histoire. Elle pense à sa mère, que doit-elle faire ? Le lui cacher. Cela lui paraît évident. Julie ne se remettrait pas d'une telle déception. Sa famille volerait en éclat. Elle décide de se taire mais elle sait qu'avec son père sa relation sera radicalement différente. Il a perdu sa confiance. Son aventure est devenue son secret, son fardeau. Tout son univers s'écroule, plus rien ne sera pareil dorénavant.

Gaëlle a fait de nouvelles connaissances dans sa classe. Elle sort de plus en plus avec ses nouveaux amis. Elle se lie d'amitié avec Cédric, il est drôle, c'est le boute-en-train de la classe. Louise va la rejoindre quelquefois, mais elle est plus assidue à ses études et a moins de temps pour les distractions. Elle ne pense qu'à terminer cette année pour retourner dans le Béarn avec son père. Plus que trois mois. Elle veut la passer avec brio et profiter de ses deux mois de vacances près de lui, de Lola et de Fréro qui lui manquent tant. Et puis, le courrier de Lola l'a inquiété, elle sent qu'elle ne lui a pas tout dit. Elle a hâte de la serrer dans ses bras et de la questionner, sur les réels motifs de cette lettre, qu'elle sent inachevée.

Gaëlle finit par rompre avec Luca, ce qui était prévisible depuis qu'elle a fait la connaissance de Cédric. Ils sont ensemble depuis un mois et ne se quittent pratiquement plus. C'est un joli couple. Cédric est solide et surtout il la fait rire aux éclats. Louise est contente pour sa cousine. Elle a trouvé le soutien dont elle a besoin, elle sent que cette relation va durer. Ils sont très amoureux et parlent déjà d'avoir un appartement ensemble. Ils devront quand même attendre un peu. Ni l'un ni l'autre n'a les moyens de se payer ce luxe. Il faut d'abord finir le lycée. Petit à petit, Louise se sent de trop, elle réfléchit à la possibilité de retourner finir ses études dans le Béarn. Elle se promet d'en toucher un mot à son père la prochaine fois qu'elle l'aura au téléphone. En attendant elle répond au courrier de Lola et lui annonce son projet de revenir étudier dans le Béarn.

12

L'année scolaire se termine enfin. Son oncle et sa tante vont la ramener chez elle et rester une semaine, comme ils l'avaient projeté l'année dernière. André va leur faire découvrir le Béarn. Gaëlle vient aussi car Cédric doit travailler dans l'entreprise de son père en juillet, elle ne le verra pas. Elle aussi est contente de revoir Lola et tous les endroits où elles furent heureuses et insouciantes toutes les trois l'été dernier.

Sitôt arrivée, Louise court chez Lola, elle l'attend près des chevaux. Elle est frappée par son changement : elle a maigri, son visage est contracté, ses gestes sont brusques. Louise avait raison, il s'est passé quelque chose. Elle décide d'aborder le sujet plus tard, quand elles seront à cheval et détendues. Fréro l'a reconnue, il vient frotter son nez contre elle, il attend sa carotte et une caresse. Louise ne pensait pas que l'on pouvait ainsi s'attacher à un cheval, chez elle il n'y a jamais eu que des chiens. Alain arrive souriant, il fait signe à Louise et demande à Lola de ne pas rentrer trop tard. Elle ne lui répond pas, elle monte Rubi et lui tourne le dos. Alain qui n'a pas compris son changement de comportement, se dit que sa fille fait sa crise d'adolescence, comme tous ceux de son âge, et que cela lui passera. Il est loin d'imaginer le mal qu'il lui a fait ce matin-là.

Elles partent toutes les deux et, quand elles sont hors de portée de vue, Louise demande à Lola de s'arrêter. Elles descendent, s'installent sous un arbre et Louise questionne enfin son amie. Il faut qu'elle sache ce qui la tourmente, elle est minée.

« Que t'arrive-t-il ? Tu n'es plus la même. Il s'est passé quelque chose. Inutile de me dire non, je te connais. Nous ne repartirons pas avant que tu m'aies tout raconté. »
Lola commence à parler, la gorge nouée. À Louise, elle sait qu'elle peut se confier. Mais c'est difficile, les mots ont du mal à sortir de sa bouche, elle commence à relater cette matinée. Elle explique la grève du lycée, le retour chez elle par le car, puis la vision de cette femme dans les bras de son père, sa répulsion à son égard depuis ce jour. Et pour la première fois elle explose en sanglot. Lola se sent vidée mais libérée de ce fardeau. Elle n'en pouvait plus de garder ce secret pour elle. Louise aussi est stupéfaite, mais ce n'est pas son père, même si elle est outrée elle sait que quelquefois cela arrive. Il faut qu'elle arrive à dédramatiser cette relation auprès de Lola.

« Écoute Lola, ce qui est arrivé est triste, mais Alain est toujours avec ta mère. Même si cela est douloureux pour toi, il faut te dire que ce n'était pas important pour lui. Nous sommes des adultes maintenant et nous savons bien que parfois deux personnes peuvent être attirés mais que ce n'est que passager, d'ailleurs tu ne l'as jamais revu n'est-ce pas ? Pense à tous ces amants célèbres que nous avons étudiés à travers les romans et parfois les biographies d'hommes célèbres. À chaque fois, leurs aventures n'étaient que des passions, voire des pulsions, mais leur femme, la mère de leurs enfants restait la première dans leur cœur. »

Lola le sait, elle a vu que sa mère tout à sa nouvelle vie active, a moins de temps pour son père. Elle comprend qu'il ait pu se sentir abandonné, mais comprendre n'est pas pardonner. Elle aura besoin de temps pour le faire. Elle promet à Louise d'être raisonnable et de faire un effort sur elle-même pour apaiser sa relation avec son père. Elles repartent à cheval et après un galop endiablé elles descendent de leur monture et Lola rit, cette conversation l'a libérée ; elle peut à nouveau profiter de la vie comme une fille de son âge. Gaëlle les rejoint, elle est contente de retrouver Lola.

Elle lui parle de sa rupture avec Luca et de sa rencontre avec son beau Cédric. Quand elle parle de lui on ne peut plus l'arrêter. Son bonheur fait plaisir à voir. Elle explique que son père a une entreprise de construction de petits bateaux et que Cédric travaille avec lui tout le mois de juillet pour gagner un peu d'argent.

« Cela ne l'ennuie pas, il s'entend bien avec lui et il apprend son métier. Peut-être que plus tard ils travailleront ensemble. C'est le souhait de son père, mais il lui laisse le temps de réfléchir, de toute façon il doit terminer le lycée. »

Tout en papotant elles se dirigent vers la piscine pour se rafraîchir et Louise lance :

« Et si on allait au lac demain après-midi ? »

Elles éclatent de rire toutes les trois en repensant à leur mésaventure de l'été passé.

« Pourquoi pas ! Mais cette fois-ci pas question d'oublier les protections » répond Lola.

« Ah oui, c'est sûr, je n'ai pas intérêt, ma mère est là cette année et je passerai un mauvais quart d'heure. Heureusement qu'elle ne m'a pas vue l'année dernière, couchée pendant deux jours avec mon gant sur le front. »

De nouveau elles partent toutes les trois dans un fou-rire. Elles arrêtent leur programme du lendemain et se séparent heureuses. Elles ont retrouvé leur complicité et leur insouciance de l'année passée. André a décidé de laisser la maison aux filles, il va partir avec Solange et Ivan faire un circuit touristique à travers le Béarn. Il a réservé des gîtes, programmé l'emploi du temps de chaque journée, et les voilà partis pour une semaine. Solange est ravie, pour une fois elle n'aura pas les repas à préparer, ils sont prévus avec la location des logements. Elle se laisse porter, elle a décidé de profiter à fond de cette parenthèse. Ils n'ont pas beaucoup pris de vacances tous les deux depuis la naissance de Gaëlle. Solange ne travaille pas et le métier de chalutier rapporte peu. Mais jamais elle ne s'est plainte, ils sont heureux comme ça tous les trois.

Les filles arrivent au lac de bonne heure, car cette fois-ci elles veulent absolument une place confortable et ombragée. Elles s'installent et profitent du paysage. Gaëlle n'avait pas remarqué comme il est beau et reposant. Les familles ne sont pas encore arrivées et on entend le chant des oiseaux et des légers clapotis sur l'eau. Gaëlle savoure cet instant et elle a une pensée pour Cédric. Il doit avoir chaud sous le toit en tôle de l'atelier. Elle se promet de l'emmener l'année prochaine pour lui faire découvrir tous ces endroits qu'elle lui a décrits. Cette année leurs jeux sont plus calmes. Plus question de se faire remarquer en mettant les jambes en l'air au-dessus de l'eau ou de faire la course en nageant. Elles ont changé, sont devenues plus réservées. Lola s'en aperçoit et cela l'attriste, elle se rend compte qu'une page est définitivement tournée. Le lendemain elles descendent au village et croisent Luca. Gaëlle, un peu gênée au début, se détend quand elle aperçoit une jolie blonde le rejoindre et l'embrasser. Ils vont tous au bistro du coin, là où Gaëlle l'avait vu la première fois, et ils discutent ensemble de leur première année du lycée et de leurs projets futurs.

En se séparant Lola demande aux filles si cela les intéresse d'aller voir la galerie de Julie.

« Bien sûr ! Depuis le temps que tu veux me montrer ses œuvres » répond Louise,

— Et toi, Gaëlle, tu viens aussi ? »

— Oui, je ne suis pas experte en art, je l'avoue. Mais là, ce sont les peintures de ta mère, alors c'est différent, je vous accompagne. »

Elles arrivent devant la vitrine et Lola pousse la porte. Une femme blonde l'accueille chaleureusement. Lola s'arrête et blêmit.

« Où est ma mère ? » lui demande-t-elle sur un ton autoritaire.

— Ah ! Vous êtes Lola. Bonjour. Je préviens votre mère, elle est dans la réserve.

— Inutile, je vais la rejoindre. »

Elle se tourne vers ses amies et leur dit de commencer la visite sans elle. Elle rejoint sa mère qui sourit en la voyant.

« Tu es passée me voir ! C'est très gentil. J'ai reçu de nouvelles toiles que je dois sélectionner pour les exposer.

— Je suis venue avec Louise et Gaëlle. L'année passée j'avais promis à Louise de lui montrer tes toiles et l'occasion ne s'était pas présentée. Que fait cette femme dans la galerie ?

— C'est mon assistante, Dominique. Je ne m'en sortais pas toute seule. C'est ton père qui me l'a présentée, une amie de son collègue de travail. Elle a beaucoup de connaissances dans le domaine de l'art. Elle m'est d'une aide précieuse. »

Lola bout à l'intérieur mais elle ne laisse rien paraître. Elle embrasse Julie et rejoint ses amies. Louise a vu et compris, elle ne pose aucune question devant Gaëlle. Elles admirent le travail de Julie et même Gaëlle formule des critiques très positives sur son style. Les cours d'art au lycée lui ont malgré tout donné un œil avisé. La femme s'approche d'elles et leur demande si elles ont besoin de renseignements. Louise devance Lola, la remercie et lui tourne le dos à son tour. À ce moment précis, elle les prend sans doute pour des filles mal élevées et orgueilleuses et elle retourne à ces occupations. Sur le chemin du retour Lola est silencieuse. Gaëlle met cela sur le compte de la fatigue de la journée. Elle est loin d'imaginer son tourment. Lola se penche discrètement vers Louise et lui dit :

« Je dois parler à mon père. »

Louise acquiesce de la tête. Elle pense effectivement qu'il lui doit une explication. Justement ce soir Julie va rentrer plus tard, elle voit un client important. Lola décide de profiter de cette occasion.

Alain arrive et, comme à son habitude, se sert un verre de whisky. Il s'installe confortablement dans son fauteuil au salon et met de la musique, un air de Jazz. Il commence à se détendre et voit Lola qui s'approche.

« Bonjour Lola, tu as passé une bonne journée ? » Elle ne répond pas à sa question et l'attaque directement.
« Que fait cette femme dans la galerie de maman ?
— Dominique ? C'est une amie. Elle est très compétente et elle s'entend bien avec ta mère »
Le ton de Lola monte.
« Et pour toi ? Elle est quoi pour toi ?
— Pour moi ? Mais qu'est-ce que tu racontes ? Elle n'est rien pour moi, seulement une relation. Pourquoi toutes ces questions ? »
Elle hurle :
« Je vous ai vus. Ce jour-là, je vous ai vus » Sa colère jusqu'alors maîtrisée éclate. Elle lui raconte tout, sa vision, son dégoût à son égard et son effort pour le comprendre, mais là c'est trop.
Toujours en criant elle lui dit :
« Tu oses l'installer dans la galerie de maman, tu comptes profiter de toutes les deux en même temps ? »
Alain se tait. Un silence pesant s'installe. Il comprend enfin son attitude et il réalise le chagrin qu'il a causé à sa fille, son bébé, son deuxième amour. Il cherche ses mots. Il ne pourra pas revenir en arrière même si à cet instant il voudrait remonter le temps.
« Mon Dieu ! Je te demande pardon pour le mal que je t'ai fait. Comment aurais-je pu imaginer que tu étais là, tu devais être au Lycée, tu n'aurais pas dû voir ça. C'est arrivé une fois, ce jour-là. Ce fut ma seule erreur de parcours. J'aime ta mère, tu dois me croire. Vous êtes toute ma vie.
Dominique maintenant est en couple avec mon associé et ils filent le parfait amour. Je suis de toute façon amené à la revoir et pour nous cette parenthèse est sans importance. Je peux lui dire de renoncer à aider ta mère si tu le souhaites mais réfléchis, elle est parfaite pour ce travail et toutes les deux s'entendent à la perfection. »
Lola quitte le salon encore furieuse et laisse Alain dans

un profond désarroi. Il avale son whisky et s'en sert un autre dans la foulée. Comment aurait-il pu imaginer que Lola était là. Elle était censée être à son lycée. Et maintenant que faire ? Doit-il l'avouer à Julie ? Cette histoire lui explose au visage au moment où tout va mieux dans sa vie. Avec Julie ils ont trouvé leur rythme, ils se retrouvent enfin après des mois difficiles. Julie est très accaparée par sa galerie et lui par son travail d'entrepreneur. Il avait décidé de prendre Hervé comme associé pour se libérer du temps et retrouver sa famille qui risquait de lui échapper. Trop tard, pense-t-il, j'ai tout gâché. Ma fille chérie me déteste et Julie, va-t-elle me pardonner ? Quel gâchis ! Il reste là, dans le noir, il n'a plus le courage de bouger. Cette nouvelle l'a anéanti. Julie le trouve là, à moitié endormi. Elle met la lumière et s'approche doucement de lui. Elle s'assoit à ses côtés et l'appelle doucement. Sa voix le sort de sa torpeur, il a la bouche pâteuse à cause du whisky. Il se lève et se sert un verre d'eau. Julie, qui ne se doute de rien, est aux anges, le client lui a passé une commande importante et elle veut partager sa joie avec lui. Lola est descendue, elle a entendu les paroles de sa mère et est tellement contente pour elle. Alain la regarde et, d'une voix éteinte, se met à lui parler :

« Julie, je dois te parler, j'ai quelque chose à te dire. »

Lola comprend que son père est sur le point de tout lui avouer et qu'il est très malheureux. À ce moment-là, son amour pour lui rejaillit comme avant, il est plus important que sa colère, elle se précipite dans la pièce et lui coupe la parole.

« Non, moi d'abord, j'ai plein de choses à vous raconter, vous pourrez parler après, c'est rare quand je vous vois tous les deux en même temps. »

Elle fait un clin d'œil à son père et se penche vers sa mère pour l'embrasser. Elle leur raconte sa journée dans les moindres détails, plaisante avec sa mère sur les réflexions d'un professeur à l'égard d'une de ses camarades et regarde son père d'un regard apaisé. Puis elle les laisse tous les deux en leur souhaitant une bonne soirée. Aujourd'hui Lola a décidé que rien ni personne ne pourra détruire sa famille. Elle a beaucoup réfléchi, elle a choisi de pardonner à son père. Elle l'aime trop pour le tenir éloigner d'elle plus longtemps.

« Mais toi, que voulais-tu me dire ? demande Julie en se tournant vers Alain.

— Je suis fatigué, j'ai besoin de me poser un peu, que dirais-tu si l'on partait en vacances tous les deux à l'automne ? Les journées sont encore chaudes et nous avons chacun quelqu'un pour nous remplacer au moins une semaine ! »

— Je pense que c'est une excellente idée, depuis quand ne sommes-nous pas partis ensemble rien que toi et moi ? »

Julie acquiesce d'un mouvement de tête.

« Allons nous coucher, je suis épuisée, nous en reparlerons demain. »

La semaine se termine, Gaëlle et ses parents font leurs bagages. Ils sont heureux de leur séjour, mais contents de rentrer chez eux pour retrouver leur Bretagne, et surtout Gaëlle est impatiente de revoir son amoureux.

Louise reste avec son père, elle finira le lycée dans le Béarn, près de lui. Elle continue de voir Lola et Fréro le matin, et l'après-midi elle accompagne souvent son père. Elle l'écoute lui parler de la nature comme avant quand elle était petite. Lola lui a raconté la soirée avec son père. Louise est heureuse de retrouver son amie enfin libérée et détendue. Elle s'est de nouveau rapprochée de son père. Ses parents ont décidé de faire une croisière à l'automne, ils ont besoin de se retrouver seuls. Depuis ce soir, Alain savoure chaque instant passé avec Julie et Lola. Son amour pour sa femme est encore plus fort. Avec elle il se sent invincible. Lola est contente de la décision qu'elle a prise, elle sait que l'orage est passé et que de nouveau ils seront heureux.

13

Nous sommes fin juillet et aujourd'hui la météo est mauvaise. Il va pleuvoir toute la journée. Louise tourne en rond dans la maison. Elle passe devant l'atelier de sa mère. La porte est fermée depuis son décès. Aujourd'hui elle a subitement une envie irrésistible de l'ouvrir. Elle tourne la clé qui enclenche l'ouverture de la serrure. Louise a un pincement au cœur en appuyant sur la poignée. Elle pousse la porte et reste un moment sur le seuil. Elle ferme les yeux et revoit sa mère penchée sur sa machine à coudre, elle l'entend lui demander son avis et son aide pour choisir un tissu. Elle s'avance doucement dans la pièce. Tout est resté comme le jour où elle est partie. Des patrons inachevés sont sur la table, une robe d'enfant sur le mannequin. Sans doute une commande ! On pourrait penser qu'Annie resurgirait d'un instant à l'autre, si la poussière et quelques toiles d'araignées ne la ramenaient pas à la triste réalité. Louise prend la place de sa mère et regarde ces patrons qu'Annie avait découpés. Ils sont légèrement démodés mais facilement transformables. Elle commence machinalement leur « relooking » avec une facilité déconcertante. Elle se prend au jeu et, avec un tissu qu'elle trouve à son goût, elle confectionne en un tour de main une magnifique petite robe d'enfant. André arrive à ce moment et la trouve là, à la place d'Annie. Il n'est pas retourné dans cet atelier depuis sa mort. Il sait qu'il devrait faire le vide dans cette pièce mais il n'y est jamais parvenu. Ces patrons, sa machine à coudre, son dé, ce sont les seules choses qui lui restent d'elle. Il reste un moment interloqué. Il contemple un instant sa fille, elle lui ressemble tellement qu'un instant il croit voir Annie. Il s'approche sans bruit, il ne veut pas lui faire peur. Quand Louise se retourne, elle le voit et elle est gênée.

« Oh ! Bonjour papa. J'ai eu une envie de revoir l'atelier de maman. J'espère que tu n'es pas fâché. »

Il répond d'une voix grave :

« Absolument pas, je sais que j'aurais dû tout enlever mais je n'avais pas le courage. Un instant j'ai cru qu'elle était là, tu es son portrait craché !

— Regarde, j'ai actualisé un patron et j'ai cousu cette petite robe. Elle te plaît ?

— Beaucoup, je suis sûre que ta mère serait d'accord aussi.

— Est-ce que tu m'autorises à la vendre ? Si j'y arrive, je pourrai en confectionner d'autres tout en continuant mes études.

— À une condition : que ça n'impacte pas tes résultats scolaires. »

Louise se jette dans ses bras, un instant leurs pensées vont vers Annie.

André est content de ne rien avoir jeté. Sa fille paraît aussi douée que sa mère et celle-ci serait tellement fière de le constater !

La routine du lycée reprend, les cours et les devoirs occupent toutes les journées de Louise et Lola. De nouveau elles se voient moins. Louise sut que Lola avait fini par succomber aux avances d'Hugo, celui qui la courtisait l'année passée. D'après ce qu'elle lui a dit Il est gentil et attentif à ses moindres désirs. Ce qui agace un peu Lola, néanmoins elle trouve cela attendrissant. Il va régulièrement chez elle pour l'aider à faire ses devoirs et il remplace Louise pour les promenades de Fréro. Son père est ravi, le père d'Hugo est un grand industriel. Il pense à l'avenir confortable que Lola aura si leur union se concrétise. Louise doit le rencontrer samedi, Lola a un concours d'équitation pas loin et Louise a promis de venir l'encourager. Ce sera la première fois qu'elle y assiste.

De son côté, Louise, tout en excellant au lycée, continue de coudre et d'inventer de nouveaux patrons. Elle s'est lancé un nouveau défi : plaire aux adolescents. Elle sait ce qui leur convient. Des vêtements confortables, pratiques et tendances. Elle lit les revues de mode pour coller à l'actualité et elle crée une nouvelle ligne qu'elle appelle « Ann'Lou ». Elle commence par une robe et un pantalon qu'elle porte au lycée, et constate qu'ils plaisent à ses amis. Elle décide alors de confectionner une jupe et d'aller proposer ces trois articles dans des petites boutiques pour voir les réactions des commerçants. Elle obtient facilement une première commande dans un magasin. Elle réalise ces vêtements en trois tailles classiques et en trois exemplaires à la demande de la gérante. Son père suit son travail de très près. Il sait qu'elle est douée, et qu'elle risque d'être vite débordée et d'en payer les conséquences. Alors il la freine un peu, accepte cette première commande à condition que cette année elle en reste là. Louise se sent bridée mais elle comprend les inquiétudes de son père, elle doit passer et réussir son BAC, ce diplôme est important aujourd'hui dans le monde du travail. La commerçante la tiendra au courant de ses ventes et lui dira au fur à mesure quels réajustements elle devra faire. Elle a besoin de cet objectif pour casser le rythme de sa vie bien réglée. Les défis qu'elle se fixe redonnent du sens à son univers.

Gaëlle donne régulièrement des nouvelles. Elle file toujours le parfait amour avec Cédric. Celui-ci a décidé de finir le lycée et de travailler avec son père. Son emploi d'été avec lui l'a convaincu. Ils s'entendent très bien et il aime vraiment ce travail. Son père lui a laissé entendre qu'il pourra créer une nouvelle ligne de bateaux plus tard, quand il sera suffisamment expérimenté, et cela l'excite. Gaëlle est contente pour lui, elle a décidé de faire une formation de comptabilité pour éventuellement l'aider dans les tâches administratives. Leur projet commun fait plaisir à voir, elle a vraiment trouvé l'homme idéal pour elle. Louise promet d'aller cet été en Bretagne une semaine et de convaincre Lola d'y aller aussi.

14

André sert de plus en plus souvent de courtier à Alain qui préfère travailler chez lui chaque fois qu'il le peut. Il se rend dans le grand bureau de Clara, où tout a commencé pour lui dans le Béarn. Il remet les documents à Clara et elle lui donne en retour les nouvelles de l'entreprise à transmettre à Alain. Sa relation au début professionnelle devient au fil du temps de la sympathie. Le bonjour timide est devenu :
« Bonjour, comment ça va aujourd'hui ? Le boss te fait toujours autant travailler ! Il faut le lui dire ! » Ils rient.

Clara ne s'est jamais plainte de sa charge de travail car il est passionnant, mais elle approche la cinquantaine et elle se rend compte aujourd'hui qu'elle y passe sa vie. Elle doit dire à Alain qu'elle souhaite être un peu soulagée, au moins sur les tâches répétitives ! Mais elle n'ose pas, elle est de nature timide. C'est André qui en revenant un jour vers Alain pour prendre les documents lui lance sur le ton de la plaisanterie :

« J'aimerais bien inviter ta secrétaire à boire un verre mais tu l'accapares complètement, je crois qu'elle ne prend même pas le temps de manger le midi.

— Ah bon ! Tu crois ? elle ne me l'a jamais dit. Je la vois demain, je lui en toucherai deux mots. Effectivement je me repose complètement sur elle, j'ai peut-être un peu abusé de sa présence dans l'entreprise. »

Le lendemain Alain convoque Clara et lui demande comment se passe son travail :

« Je viens moins au bureau et je me décharge beaucoup sur vous, peut-être un peu trop ? Avez-vous besoin de quelqu'un pour vous aider dans les tâches administratives ? Bien sûr il n'est pas question de vous décharger de vos responsabilités, j'ai trop confiance en vous, mais peut-être que vous pourriez former une personne pour répondre au téléphone et taper le courrier ?

— Justement je voulais vous en parler ! J'ai du mal à m'en sortir et je fais plus d'heures que je ne devrais. Mais je ne me plains pas, j'adore mon travail.

— Je sais, j'ai beaucoup de chance de vous avoir, mais justement je ne veux pas vous perdre. Lancez un recrutement de poste d'assistante de secrétaire de direction. Je vous laisse carte libre, c'est vous qui devrez travailler avec elle. »

Clara est d'humeur très joyeuse quand André arrive au bureau ce matin-là.

Il lui lance son fameux : « bonjour, comment ça va ? »

Elle lui raconte son entretien avec Alain. Il se garde bien de lui parler de son intervention et en profite pour l'inviter autour d'un verre amical « afin de fêter la bonne nouvelle », dit-il. Elle accepte volontiers. Ce soir ils iront trinquer à ses quelques heures de liberté retrouvées. Elle aime beaucoup André. Il est bel homme. Au début elle n'éprouvait rien pour lui, leur relation était professionnelle. Il était marié et elle, absorbée par son travail. Puis elle a eu de la peine pour lui, il était tellement bouleversé quand le drame est survenu. Impossible de rester insensible à sa douleur. Mais depuis son retour de congés en Bretagne il a changé. Elle l'a vu sourire puis plaisanter. Elle l'a alors regardé autrement, comme un homme libre. Avec un lourd passé certes, mais libre. Elle s'est liée d'amitié avec lui, ils parlent de leurs difficultés au travail mais aussi dans la vie. André lui parle beaucoup de Louise et de son avenir qui apparaît brillant malgré le malheur qui l'a frappée. Clara la voit souvent quand elle passe dans la propriété. Elle lui fait signe et celle-ci lui ré-

pond toujours en souriant. Elles s'entendraient bien, elle le sent. Le soir suivant, André a envie de passer à la vitesse supérieure. Il invite Clara à dîner dans un petit restaurant italien. Il l'attend à la sortie de l'entreprise et lui ouvre la porte de la voiture quand elle s'approche.
« Où allons-nous ? demande-t-elle.
— J'ai réservé dans un endroit sympathique, j'espère que cela te plaira ! »
Ils arrivent et entrent dans une pièce allumée en grande partie par les bougies posées sur les tables. Le serveur les place et leur tend le menu. Une romance italienne est diffusée en sourdine. L'atmosphère est romantique. Ils commandent l'apéritif et au bout d'une demi-heure, l'alcool aidant, ils se détendent et profitent de ce moment magique. André ose prendre la main de Clara et celle-ci le laisse faire. C'est la première fois depuis le décès d'Annie qu'André fait des avances à une autre femme. Ce n'est pas un séducteur, c'est l'homme d'une seule femme à la fois. Il est sincère et fidèle. Il a eu le temps d'observer Clara depuis qu'il est dans l'entreprise et il sait qu'avec elle un nouvel horizon est possible. Clara se laisse porter par cette belle soirée, elle profite de ce moment. Elle est bien avec André, elle a compris qu'avec lui elle va pouvoir se poser, commencer une nouvelle page. Ils passent une excellente soirée et quand André la ramène chez elle, il l'embrasse, d'abord timidement, puis plus longuement. Clara lui rend son baiser et le trouble s'installe entre eux. André ne pourra pas le cacher longtemps à Louise, dans les villages les nouvelles vont vite. Il décide de lui en parler dès le lendemain. Inutile d'attendre. Il profite de leur balade en forêt pour aborder le sujet :
« Ma chérie, tu sais que je t'aime plus que tout et que rien ne pourra jamais nous séparer, n'est-ce pas ?
— Oui... mais où veux-tu en venir ?
— Depuis la mort de maman je n'ai jamais pensé à refaire ma vie, cependant j'ai sympathisé avec Clara, la secrétaire

d'Alain. Cette amitié pourrait fort bien se transformer dans une relation plus sérieuse, nous sommes en train de tomber réciproquement amoureux. Si je dois stopper cette histoire je veux le savoir aujourd'hui.
— Je me doutais de quelque chose, papa. Je sais que tu es encore jeune et qu'une femme te manque. J'avais remarqué que tu étais plus joyeux ces derniers temps. Je suis soulagée que ce soit Clara l'heureuse élue. Je ne la connais pas personnellement mais son regard est doux et chaleureux.
— Je souhaite l'inviter un soir à dîner en fin de semaine. Es-tu d'accord ? »

Louise acquiesce de la tête et lui prend la main. Ils terminent leur balade à travers bois et à l'orée d'une clairière André s'arrête.

« Regarde, des linottes mélodieuses ont fait leur nid. C'est devenu très rare. Je passe très souvent pour les observer. »

Ces petits passereaux à la poitrine rosée s'installent rapidement et près du sol. Ils ne se préoccupent pas de se dissimuler aux yeux des prédateurs, c'est pourquoi on parle souvent de « tête de linotte » de quelqu'un qui ne réfléchit pas. Ils se nourrissent de graines le plus souvent de linettes (graines de lin) dont ils sont très friands. Bossu et Charron en 1998 ont parfaitement décrit leurs chants « le gazouillis de la Linotte frappe tout d'abord par la grande richesse de ses motifs : il combine roulades, notes flûtées, trilles, sons pincés, sans jamais laisser à l'auditeur la moindre chance de prévoir la suite de ses enchaînements. Même la durée d'une strophe varie beaucoup. Le chant du mâle se donne en solo, en duo ou en chœur, car le grégarisme de l'espèce persiste pendant toute la période de reproduction. »

Cette espèce a pratiquement disparu. Louise le sait et ne se lasse jamais de l'écouter, elle se couche dans l'herbe avec André et ils attendent. Ils sont vite récompensés. Un mâle vient de se poser sur l'arbuste près d'un nid, il gonfle son torse rose foncé et entonne un magnifique échantillon de ce qu'il sait faire. Louise est aux anges, elle pourrait rester des heures ainsi à l'écouter avec son père, mais celui-ci rompt le charme :

« Je dois filer, j'ai encore des choses à faire. Le travail m'attend. Tu redescends ou tu restes encore ? »

Louise se lève et suit son père. Elle aussi a des tonnes de devoirs à finir, demain elle n'aura pas le temps, elle a promis à Lola de l'accompagner au concours.

15

Le samedi matin Louise se lève à 5 heures, Quand elle arrive Rubi est prêt : son poil brille tant elle l'a brossé et sa crinière et sa queue sont coiffées de belles tresses tenues par de petits élastiques noirs. Lola a enfilé son costume de concours noir qui lui va magnifiquement bien. La veste cintrée fait ressortir sa taille fine et son pantalon ajusté l'affine et la grandit. Louise fait une photo et s'approche de Lola. Elles s'embrassent et Lola lui présente Hugo. Il est effectivement aux petits soins pour Lola, prévenant ses moindres gestes, et Louise comprend immédiatement qu'avec lui son amie va manquer d'air. Elle déroule brièvement le programme de la journée. Son père arrive, il est très élégant dans une tenue sportive et chic. Il salue Louise, fait monter Rubi dans le van, l'attache, et les voilà partis. Ils doivent rouler pendant cent cinquante kilomètres. Lola est excitée, elle parle sans arrêt et son père tente de l'apaiser. Louise écoute, elle n'ose pas perturber leur discussion qui est technique. Comme Hugo elle met son casque et écoute de la musique pour se détendre. Elle s'est levée tôt et elle profite du trajet pour faire un petit somme. Elle est réveillée par une secousse, la voiture s'est arrêtée, ils sont arrivés. Lola et son père s'activent, il faut descendre Rubi du van et le faire marcher pour le détendre. Hugo fait de son mieux pour les aider mais sa démarche semble plus agacer Lola que la soulager. D'ailleurs rien ni personne ne peut la calmer, son état d'excitation est à son paroxysme. Louise appelle Hugo et lui demande d'aller leur chercher le thermos de café, Lola la remercie du regard. Encore un peu et elle allait exploser et se défouler sur lui. Quand elle aura l'autorisation, elle pourra faire une reconnaissance du parcours. Elle doit étudier les meilleurs angles pour tourner au plus court afin de gagner des secondes. Louise écoute, cela l'intéresse mais, pour le moment, elle ne visualise pas tout ce que cela représente. Elle est impressionnée par tout ce monde et toute cette agitation. Elle a du mal à trouver sa place et ne sait pas comment se rendre utile, elle préfère rester en retrait.

Louise finit son café et décide d'aller faire un tour pour voir les autres cavaliers et les chevaux. Lola, qui a un peu de temps à présent, veut l'accompagner, elle laisse Hugo qui est en grande discussion avec son père. Les cavaliers sont venus de différents départements et ont fait parfois beaucoup plus de kilomètres qu'eux. Lola en connait certains, elle a déjà fait des compétitions avec eux. Elle les salue au passage et fait des commentaires à Louise sur leurs chevaux et leur façon de les monter. Elle lui désigne ses concurrents sérieux. Deux sont nouveaux, Lola ne les a jamais vus. Elle observe les chevaux, ils sont magnifiques. L'un des cavaliers s'approche. Il est grand, brun et marche comme Lola. L'équitation leur donne une démarche particulière avec un joli port de tête. Il dit bonjour avec une belle voix grave et se présente, il s'appelle Maxime. Il s'adresse à Lola, lui demande à quel concours elle participe. Ils échangent tous les deux sur la difficulté des sauts et sur la performance de leurs chevaux. Puis il se tourne vers Louise, lui sourit et leur dit à bientôt car au micro un responsable vient de donner aux cavaliers l'autorisation de pénétrer sur le terrain. L'entraîneur de Rubi est arrivé. Il part avec Lola faire la reconnaissance du parcours d'obstacles. Ils repèrent les difficultés sur lesquelles Rubi risque de buter, afin de les anticiper. Ces obstacles ne devraient pas poser de problème,

Rubi les connaît et les a déjà sautés. Pour gagner Lola devra réduire son temps de réalisation. Ils analysent toutes les possibilités et ressortent confiants. Lola est de plus en plus tendue, son père lui parle pendant que l'entraîneur s'occupe de Rubi. Il est 10 heures et les cavaliers sont appelés à se préparer. Lola passe en troisième position. Louise s'approche de la barrière. Le premier cavalier entre sur le terrain, c'est un petit rouquin. Son cheval est très agité et il a du mal à le calmer. La sonnette retentit et le voilà parti sur la piste. Il passe sans problème les deux premiers obstacles, mais au troisième le cheval stoppe net devant et le cavalier se retrouve éjecté par-dessus. Les spectateurs crient un « oh ! » de panique, mais il n'a rien et remonte tout penaud. Il finit son parcours malgré la déception qui se lit sur son visage. Le deuxième ne s'en sort pas trop mal mais il a pris beaucoup trop de temps pour finir. Lola arrive, toute sa nervosité est retombée, elle et son cheval ne font plus qu'un. Quand la sonnette retentit, elle guide Rubi sur les obstacles. Aucun des deux n'hésitent, ils franchissent le dernier avec, pour le moment, le meilleur score. Les gens applaudissent leur performance. Maxime, le jeune homme brun rencontré plus tôt, arrive à son tour et fait également un très beau parcours, Lola le bat seulement d'une seconde. Après une heure tous les candidats sont passés. Lola a gagné à une seconde près, Maxime arrive deuxième. Les trois premiers cavaliers font un tour de piste sous les applaudissements des spectateurs. Ils reçoivent une coupe et un flot rouge et noir pour le cheval. Les deux amies rejoignent Hugo qui s'empresse de féliciter Lola. Elle le remercie et s'occupe de Rubi, lui donne une carotte puis le laisse se reposer. Ils doivent manger et Lola reprendre des forces, elle a une deuxième épreuve à quatorze heures.

Maxime arrive après le repas, il félicite Lola et se tourne vers Louise. Il entame la conversation, souriant :
« Tu ne montes pas ?

— Si, avec Lola, en balade, j'ai appris l'été passé. »
Lola décide de se reposer et Maxime propose à Louise de venir faire un tour. Il lui présente Théo, son copain. Il doit faire la même compétition que Lola cette après-midi. Maxime ne la fait pas, son cheval n'est pas prêt. Théo est très confiant, il a une grande expérience et plusieurs victoires à son actif, les flots de toutes les couleurs accrochés au van en sont les témoins. Au micro, de nouveau les cavaliers sont appelés pour la reconnaissance du terrain. Maxime et Louise se dirigent vers la barrière. Maxime explique que le plus difficile, cette fois, c'est de passer l'obstacle avec de l'eau derrière la barre. Louise voit également qu'ils sont plus hauts. Ce parcours est vraiment un niveau au-dessus. Elle comprend pourquoi Lola le redoute. La sonnette retentit et les cavaliers s'enchaînent sur la piste. Théo passe et, comme prévu, fait un parcours sans faute. Dans un élan d'excitation et de joie face au score excellent de son ami, Maxime a pris la main de Louise ; elle est surprise mais ne l'enlève pas. Le contact de cette main forte et chaleureuse lui procure un sentiment de sécurité qu'elle ne connaissait pas. Lola arrive et Louise voit tout de suite que cela ne va pas. Elle est tendue et Rubi le ressent. Elle en parle à Maxime qui la rassure. Nous sommes tous pareils quand nous changeons de catégorie. La sonnette retentit, Lola se ressaisit et Rubi change aussitôt d'attitude. Ils partent comme pour la première compétition, en parfaite communion. La première partie du parcours ne pose pas de problème, mais devant l'obstacle avec l'eau Rubi fait un refus. Lola fait demi-tour, et calmement revient. Cette fois-ci elle met plus de conviction sur sa demande en appuyant ses talons sur les flancs de Rubi. Le cheval a confiance en Lola et le passe sous les applaudissements de la foule. Lola sait qu'elle a perdu mais néanmoins elle est fière de son parcours. Elle descend et tout le monde la félicite, son père, son entraîneur, et Louise bien sûr. C'est Théo qui a gagné cette fois-ci, mais elle finit quatrième, ce

qui n'est pas mal du tout. Lola remarque que Maxime tient la main de Louise et elle lui sourit. Pour la première fois elle est réceptive à l'intérêt qu'un garçon lui porte. Il lui donne rendez-vous à la buvette et ils se retrouvent tous les cinq. Les garçons viennent du département de l'Isère, du côté de Vienne. Louise pense que c'est loin et qu'elle ne le reverra pas. Ils passent toute l'après-midi ensemble, tantôt près des chevaux, tantôt en regardant les autres concours. Théo et Lola parlent d'équitation sous le regard jaloux d'Hugo, mais Lola ne semble pas s'en préoccuper.

Maxime parle de sa vie à Louise, de ses projets d'avenir, et la questionne en retour sur les siens. Elle lui raconte alors le décès brutal de sa maman, son départ pour la Bretagne et sa récente passion pour la couture qui lui vient sûrement d'Annie. À son récit Maxime est ému, il la prend dans ses bras et la serre fort comme pour la protéger. Louise est troublée, elle voudrait rester là, blottie contre son torse. Ils restent ensemble jusqu'à leur départ et échangent leur téléphone. Maxime semble aussi bouleversé que Louise par leur séparation. Entre les deux il s'est passé quelque chose de magique. Ils se quittent avec regret mais se donnent rendez-vous pour le prochain concours. Louise ne manquera désormais aucun concours. Sa motivation pour l'événement, hormis le soutien pour son amie, sera maintenant très personnelle et très attendue. Au retour ils sont tous silencieux, ils sont fatigués et plongés dans leurs pensées. Lola savoure sa victoire et refait maintes fois dans sa tête le parcours avec Rubi. Alain est pressé de rentrer chez lui pour voir Julie. Aujourd'hui, elle avait un vernissage, et il a eu peu de nouvelles au téléphone. Ils devraient arriver vers dix-neuf heures. Hugo est un peu frustré de sa journée, il a trouvé Lola bien distante aujourd'hui. Quant à Louise, elle aura juste le temps de se préparer car ce soir son père lui présente Clara.

16

Ce soir André a mis les petits plats dans les grands. Il a préparé une belle table. Il est anxieux, Louise va faire la connaissance de Clara. Elle arrive enfin, sublime dans son petit tailleur gris et son chemisier rouge. Clara est très différente d'Annie. L'une était brune alors que l'autre est rousse. Annie était passionnée alors que Clara est discrète et tempérée. C'est son caractère calme et sa voix douce qui ont conquis André. Il a besoin de se poser auprès d'une personne qui l'apaise. Il fait les présentations et sert l'apéritif. Il a choisi un vin italien, le même que le serveur leur avait conseillé le jour où ils sont allés au restaurant. André et Clara lèvent leur verre avec un regard complice. Ils auront très peu la parole ce soir car Louise a énormément de choses à raconter : le concours, la victoire de Lola. Tout le repas est animé par ses récits enthousiastes, mais ce n'est pas grave, André et Clara l'écoutent et se parlent avec les yeux. Louise en profite pour annoncer que dorénavant elle ne ratera aucun concours, mais ne parle pas de Maxime, jugeant que c'est trop tôt. L'angoisse d'André est vite apaisée, il voit que Louise et Clara ont sympathisé. Après le dessert Louise demande à Clara si elle veut voir son atelier de couture. Clara sait que Louise a repris la passion de sa maman et elle est très émue qu'elle veuille bien lui montrer son travail. Elle la suit, au-dessus de l'établi trône le portrait d'Annie.

« Elle était vraiment belle et tu lui ressembles beaucoup.

— Elle est toujours avec moi, et plus particulièrement

quand je suis ici. Parfois j'ai l'impression qu'elle guide mon crayon. »

— Sans doute ! En tous les cas elle t'a donné son don. Tu es encore très jeune Ce que tu fais est vraiment exceptionnel. Tu voudrais en faire ton métier ?

— J'y pense parfois mais je ne sais pas encore. Après le BAC j'aimerais aller à Paris faire une école de couture, mais ce n'est encore qu'un projet. Cela coûte de l'argent et papa a déjà fait tellement pour moi ! »

Elles parlent longtemps toutes les deux, Clara est si douce qu'elle invite à la confidence. Louise lui confie sa peine, ses doutes, ses espoirs. Elle lui dit son bonheur de voir son père à nouveau heureux. Ce fut un beau moment d'échange entre deux femmes qui se découvrent et s'apprécient déjà. Avant de partir Clara demande à Louise si elle veut l'accompagner un soir de la semaine pour faire les boutiques. Louise accepte de bon cœur et toutes les deux se donnent rendez-vous le mercredi. Clara a envie de plaire et de renouveler sa garde-robe et Louise, sans l'avouer, veut l'imiter. Elle reverra Maxime bientôt, elle veut choisir des vêtements de sport, qui ressemblent à ceux que Lola porte quand elle va en concours, pour se glisser un peu mieux dans ce nouveau milieu.

La soirée à la maison a été douce et agréable. André a observé du coin de l'œil la réaction de sa fille et il est soulagé. Ce soir il sait qu'il peut commencer une nouvelle page avec Clara. S'il avait senti une réticence dans leur relation, que ce soit de la part de l'une ou de l'autre, il n'est pas certain qu'il aurait pu continuer cette belle histoire. Il est heureux, tout simplement. Il a envie d'appeler sa sœur pour lui annoncer la nouvelle mais vu l'heure, il remet cela au lendemain. Il s'approche de Louise, lui embrasse le dessus de la tête en lui mettant le bras autour de ses épaules et ils restent ainsi, un moment, sans rien dire, juste à savourer cet instant.

17

Lola eut deux autres concours avant les vacances et Louise n'en manqua aucun. Comme promis Maxime l'avait rappelée dès le lendemain de leur rencontre et ils se téléphonaient tous les jours. Au début elle se cachait pour lui répondre, mais à la deuxième compétition Louise avait avoué à son père sa relation avec Maxime. Il comprit mieux ce besoin nouveau d'accompagner Lola et, surtout, sa nouvelle garde-robe dont le style est très éloigné de ce qu'elle réalise. Il la trouve transformée. Sa petite fille, cette année, est devenue une femme ; l'amour lui va bien, elle est belle, il la regarde avec fierté.

Il a bien eu quelques soupçons après leur premier repas avec Clara, mais non, ce n'était pas possible. C'était beaucoup trop tôt. Il s'est refusé à l'admettre, pourtant il sait que lui et Annie avaient le même âge lorsqu'ils se sont aimés. Bien sûr il fût contrarié. Son bébé va lui échapper, mais le bonheur de sa fille le bouleverse. Encore une étape. J'espère qu'il ne la fera pas souffrir ! Pense-t-il.

Louise et Maxime parlent pendant des heures au téléphone. André doit faire le gendarme pour que Louise lui dise au revoir et, se remette à son travail. Maxime est déjà en BTS pour devenir électricien. Il faut aussi qu'il reste concentré sur ses études. Pour les ponts du mois de mai, André a décidé d'inviter ce garçon. Il souhaite le rencontrer, mettre un visage sur l'homme qui a séduit sa fille. Le 1er mai arrive enfin et Maxime est ravi, il a hâte de retrouver Louise et de découvrir le Béarn. Louise lui en a tellement parlé. Quand il arrive Louise est là et se jette dans ses bras. Il l'enlace tendrement puis il aperçoit son père en arrière-plan, sur la défensive. Il s'approche vers lui d'un pas décidé, et le regard franc, salue André. Ils se serrent la main. Les deux hommes se toisent un instant et André sourit, cet homme paraît sincère et il lui plaît. Le premier contact s'est bien passé, André se détend et laisse les jeunes se retrouver seuls, ils ont des tonnes de choses à se dire.

Louise l'emmène à sa cabane, son refuge ; Maxime la suit à travers les chemins escarpés. Il admire ce paysage et le calme du parc. Il comprend maintenant pourquoi Louise aime tant la nature ; comment pourrait-il en être autrement quand on a grandi dans un tel ravissement. Ils longent la rivière qui est à son plus haut niveau à cette période. Il aperçoit quelques poissons qui frétillent dans l'eau et Louise soudain s'arrête.

« Chut ! Écoute, ce chant d'oiseaux, ce sont des linottes mélodieuses. Elles ont dû faire leur nid tout près » dit-elle.

La dernière fois qu'elle les a entendues elle était avec son père. Ils écoutent tous les deux religieusement ce délicieux récital et ils s'embrassent avec énormément de douceur, comme s'ils avaient peur de briser cet instant de communion entre eux et la nature puis ils repartent en direction de la cabane qui fait grande impression à Maxime.

« Ton père est très doué de ses mains, elle est magnifique ! »

Le lendemain ils vont voir Lola, elle leur a sellé les chevaux.

« J'ai pensé que vous souhaiteriez faire une balade en amoureux, on se verra cette après-midi à la piscine si vous voulez. »

Ils acquiescent, ravis. Les chevaux sont en grande forme ce matin ; les deux cavaliers partent sur les chemins, et tout en trottant ils commencent à faire des projets pour les grandes vacances. Les deux jours suivants, Louise emmène

Maxime dans les plus beaux endroits de cette région située entre l'océan Atlantique et les montagnes. En arrière-plan on aperçoit la chaîne pyrénéenne qui semble protéger les vallées. Les paysages sont époustouflants. Louise les a maintes fois photographiés mais cette fois-ci au milieu de la photo il y a Maxime, son bel amoureux. Lui aussi est conquis par tout ce qu'il voit, il souhaite revenir. Passionné d'histoire, il veut visiter tous les monuments, ils n'ont pas eu le temps de tous les voir. La prochaine fois il restera plus longtemps, trois jours c'est trop court. Il repart demain matin, il reste un mois de lycée à faire et, le plus important, il doit passer en deuxième année de BTS. Demain il faudra se concentrer, mais ce soir il le passera encore avec Louise avec le sentiment que leur belle histoire d'amour est unique. Quand il est près d'elle il sent sa force multipliée, il sait qu'il a trouvé son âme sœur.

18

Aujourd'hui l'agitation règne dans trois maisons. Les filles passent leur BAC. Les parents sont aussi stressés que les enfants ! Les portent claquent, les filles courent, elles oublient toujours quelque chose ; tous s'agitent dans tous les sens. Puis dans la voiture le silence s'installe. Les filles mettent leur casque de musique sur les oreilles et les parents pensent déjà au résultat de ce fameux sésame. Il est primordial pour la suite de leurs études. Elles se sont appelées la veille pour se souhaiter bonne chance et elles partent chacune de leur côté pour passer cette épreuve.

C'est Gaëlle qui souffre le plus, son niveau est juste et elle a raté son BAC blanc. Elle fait grise mine en pénétrant dans la cour du lycée. Cédric lui a envoyé un message d'encouragement et sa mère lui a dit « fais du mieux que tu peux. » Mais elle a une boule au ventre, en arrivant elle court aux toilettes et vomit tout son petit-déjeuner. Elle ressort blanche comme un linge. Une camarade vient à son secours et lui parle jusqu'à la sonnette. Elle reprend quelques couleurs mais la boule au ventre est toujours là. Les deux matières s'enchaînent, il faut y aller, pas le temps de réfléchir. Elle va souffrir toute la matinée. Puis elle retourne chez elle à midi pour manger, épuisée ; mais elle est incapable d'avaler quoi que ce soit. Elle s'écroule dans le canapé et ressasse sans arrêt l'épreuve de mathématiques de ce matin. Elle lui paraît beaucoup plus claire loin de sa page blanche. Sa mère essaie de la distraire mais rien n'y fait. Elle repart au lycée le regard plus déconfit que ce matin, son visage est déformé par la peur d'échouer. Sa mère lui glisse une barre chocolatée dans sa trousse « au cas où », lui dit-elle. Encore une matière et cette journée d'angoisse s'arrête enfin. Elle se jette sur son encas et le dévore comme si elle n'avait pas mangé depuis deux jours. Cédric est là, à la sortie. Elle fond en larmes dans ses bras.

« J'ai tout raté, je suis sûre que j'ai tout raté.

— Calme-toi, d'abord tu exagères toujours, tu n'as pas tout raté, je le sais et au pire, ce n'est pas la fin du monde. Viens allons manger une glace et tu me raconteras. »

Ce soir dans les trois maisons les conversations sont les mêmes. On parle des épreuves, les parents veulent connaître les dates des résultats et on se projette déjà pour l'année d'après.

Lola souhaite aller dans une université de droit, elle veut être avocate d'affaires. Son choix, au départ incité par son père, devient petit à petit une évidence. Elle a fait des stages dans des cabinets d'avocats, et le dernier fut concluant. Elle aime ce milieu, elle y a baigné depuis son enfance. Elle n'est pas impressionnée par le monde de la finance, et parfois elle trouve des arrangements à des problèmes auxquels même son père n'avait pas pensé. Elle est brillante et ambitieuse, il ne fait aucun doute qu'elle réussira dans cette voie. Pour l'amour, c'est plus compliqué, elle a rompu depuis longtemps avec Hugo. Elle est peu courtisée par les garçons de son âge. Les femmes de têtes leur font peur même si elles les font fantasmer. Depuis quelque temps elle est sollicitée par un jeune homme, Franck, qu'elle a rencontré dans une soirée privée ; il est plus âgé qu'elle mais elle se sent bien près de lui. Il a de l'expérience et elle peut soutenir une conversation avec lui, il a du répondant, elle ne s'ennuie pas. Ils se voient de plus en plus souvent et Lola succombe à son charme.

Pour Louise ce sera le départ pour Paris ; son père a accepté son inscription dans une école de couture. Clara y fut pour beaucoup. Quand Louise lui avait exprimé son souhait et ses craintes, elle avait cherché une solution rassurante pour André avant de lui en parler secrètement. Son père, qui était au début réticent de la voir partir seule pour la capitale, pesa le pour et le contre. Clara n'avait laissé aucun problème en suspens. Elle avait pensé à tout et envoyé valser toutes les inquiétudes d'André par des solutions rationnelles. Louise logera chez une mamie qui a une maison bien trop grande pour elle. En échange de la chambre Louise l'aidera pour les courses et le ménage. Depuis elles se sont déjà rencontrées deux fois et elles s'apprécient mutuellement. Il restait le prix de l'inscription à l'école privée qui est élevé, mais André avait économisé pendant toutes ces années ; une habitude que lui avait inculquée Annie et qu'il est content d'avoir appliquée. Tout est donc réglé, Louise est soulagée.

Gaëlle, comme prévu, est inscrite dans un lycée professionnel en alternance pour apprendre la comptabilité. Leur projet d'installation avec Cédric se concrétise ; ils souhaitent emménager tous les deux dans un petit studio qu'ils ont repéré. Avec le salaire de Cédric et son petit revenu ils ne rouleront pas sur l'or, mais ils pourront être ensemble et, c'est tout ce qui compte pour eux. Mais pour cela Gaëlle doit absolument avoir ce diplôme. Son angoisse grandit de jour en jour jusqu'au moment où enfin elle va être fixée.

Toutes sont suspendues ce matin devant leur ordinateur, c'est le jour tant attendu. Les résultats tombent enfin :

Pour Lola et Louise pas de surprise, elles ont leur BAC avec mention bien, mais Gaëlle devra passer le rattrapage.

Elle n'est pas trop déçue, elle pensait avoir complètement raté ; mais il faudra y retourner, elle n'est pas encore en vacances. Cédric promet de lui faire travailler les matières qu'elle a ratées. Pendant plusieurs jours ils étudient toute la journée, ne s'arrêtant que pour les repas. Quand le jour du rattrapage arrive, elle est confiante, moins stressée que pour le premier examen, et toutes ces révisions paient, elle a son BAC, à son grand soulagement et celui de ses parents.

Le fameux sésame dans leur poche, l'avenir s'annonce déjà plein de promesses pour les trois amies. Elles veulent fêter cela toutes ensemble et décident de se rejoindre en Bretagne. Avec leurs économies elles louent un gîte pour six personnes. Franck, le nouveau copain de Lola, a le permis. Ils vont pouvoir s'échapper tout le mois de juillet. Le dernier week-end se terminera en apothéose car Gaëlle leur a annoncé ses fiançailles pour le dernier samedi du mois de juillet. Après avoir arrosé leurs examens avec leurs parents, Louise, Lola et Gaëlle se préparent pour un mois de liberté totale ; sans horaires, sans consignes, juste à savourer ce repos bien mérité auprès de leurs amoureux. Ce sera un des plus beaux étés de toute leur vie.

Ils arrivent au gîte qui est fidèle à la description qu'ils ont eue par l'agence de location. Après leur installation ils décident du programme de ces quatre semaines. Les filles se sont vite mises d'accord. Les garçons iront à la pêche le matin pendant qu'elles feront la grasse matinée, sauf les jours de marché où elles iront faire des emplettes. L'après-midi ils vont tous au bord de l'océan pour rêvasser. Ils prennent du bon temps pour se reposer après cette année laborieuse. Ils font quelques virées en voiture pour visiter la Bretagne et apprécier les recettes culinaires dont les crêpes bien sûr, salées, sucrées, flambées, bref sous toutes les coutures. Pour les plateaux de fruits de mer ils devront attendre un peu leur budget d'étudiants ne le leur permet pas. Mais la pêche des garçons les a quand même comblés ; quelquefois ils rapportent des moules, des crabes ou des araignées de mer. Gaëlle et Cédric, en bons Bretons savent parfaitement cuisiner ces mets frais et délicieux. Ils s'en lèchent tous les babines de plaisir. Les soirées devant le coucher du soleil sur l'Océan se prolongent jusque tard dans la nuit. Ils profitent de chaque instant de ce bel été. Tous sont intarissables sur leurs projets d'avenir. Ils ont la vie devant eux et ils comptent bien en profiter.

Les derniers jours sont consacrés aux préparatifs des fiançailles. Solange et Ivan ont loué la salle des fêtes du village et ils doivent la décorer. Ils restent les dernières courses à faire pour l'apéritif et le podium à monter pour la sono. Gaëlle est surexcitée, ce sera la dernière nuit qu'elle passera avec ses parents, dimanche elle sera chez elle auprès de Cédric. Elle amène ses amies visiter son petit nid qu'elle a commencé à aménager avec des meubles de famille. Les filles le trouvent ravissant, elles envient un peu Gaëlle, bientôt elle sera indépendante. Louise promet de lui faire ses rideaux, elle n'en n'a pas pour longtemps avec une machine à coudre, et Lola lui offre un magnifique jeté de lit. Gaëlle est très émue, ces cadeaux la touchent beaucoup.

19

André et Clara arrivent le vendredi matin. André présente Clara à Solange, il lui avait parlé d'elle au téléphone et elle avait hâte de la rencontrer. Puis ils s'éloignent tous les deux visiter le village et ses alentours. Ils croisent des amis d'André avec lesquels ils discutent longuement. Clara se sent à l'aise dans ce petit village. Les gens sont chaleureux, elle sait qu'ils pourraient y être heureux tous les deux. Elle n'en parle pas à André mais chaque fois qu'il s'absente et qu'elle reste seule, Clara mène sa petite enquête ; elle regarde les prix des maisons avec petit jardin et elle s'aperçoit qu'avec ses économies elle pourrait avoir accès à une ravissante petite maison. Elle en parle d'abord à Solange, elle veut voir comment elle accueillerait sa venue près de chez eux. Celle-ci adhère immédiatement à son projet, Solange aime beaucoup son petit frère, s'il pouvait revenir plus souvent elle serait vraiment contente. Confortée, elle emmène André le mercredi devant une maison coquette, mais qui demande à être restaurée.

« Penses-tu que l'on pourrait avoir une résidence secondaire ici, toi et moi ? J'ai commencé à regarder sans te le dire car je ne connaissais pas les prix. J'ai vu celle-ci qui est dans mon budget. Elle a beaucoup d'améliorations à faire pour la rendre habitable si l'on en juge par le texte de l'annonce.

— Comme toujours tu as d'excellentes idées, on pourrait passer notre mois de vacances ici, il y a tellement de choses à faire en Bretagne. Tu veux la visiter ?

— Oui, nous pourrions demain matin si tu es d'accord, mais je te préviens il faudra remonter nos manches. Malheureusement je n'ai pas le budget pour en acheter une déjà restaurée. Et puis la mettre à notre « patte », cela me tente aussi beaucoup.

— C'est d'accord, nous viendrons, je dois quand même vérifier si nous pourrons faire tous ces travaux seuls, on fera venir mon ami entrepreneur, il nous chiffrera tout ça. »

Ils repartent heureux, c'est le premier grand projet qu'ils ont tous les deux et Clara est aux anges. Elle habite encore son studio qu'elle a pris après sa rupture. Elle n'a jamais ressenti le besoin d'investir dans un logement. Elle n'en voyait pas l'utilité. Ici c'est différent, elle a envie de poser ses valises et de profiter de la vie, tout simplement. Ils parlent à Solange de la petite maison qu'ils ont vue ensemble. Elle voit très bien où elle se trouve mais elle ne connaît pas les propriétaires ; ce sont des Anglais qui ont acheté cette bâtisse dans les années 30. La femme est veuve depuis longtemps. Cela fait quelques années qu'on ne la voit plus, elle est âgée et le voyage devenait trop fatigant. Le lendemain ils apprennent par le vendeur de l'agence qu'effectivement ce sont les enfants qui vendent le bien, leur mère est décédée l'hiver dernier. Ils pénètrent dans la pièce principale.

« La maison est vendue en l'état et avec les meubles. Les enfants ne désirent pas faire le voyage de Cambridge pour la vider. » Leur précise l'agent immobilier.

Clara est scotchée, elle ne s'attendait pas à ça ! André l'est également mais il attend d'avoir tout visité pour se réjouir. Le toit est en bon état et si le reste est aussi charmant que ce qu'ils ont sous les yeux ce sera aussi un grand « oui » pour lui. Ils visitent la maison de fond en comble, puis l'extérieur. Clara n'en peut plus, il faut qu'elle sache ce qu'André en pense vraiment.

« Je vous laisse un moment seuls si vous voulez, refaites le tour encore une fois. »

Elle s'éloigne pour les laisser réfléchir, elle a vu que Clara avait un coup de cœur, elle veut lui laisser le temps de la réflexion.

Ils repassent tous les deux dans cette grande pièce ornée au centre d'une cheminée en pierre. Les meubles sont de bonne qualité et de jolis tableaux sont suspendus aux murs. La pièce continue par un couloir qui donne accès à deux grandes chambres et une salle de bain.

« La salle de bain est à refaire, elle est d'époque, mais je pourrai m'en débrouiller, lui dit André.

— Oui, si tu peux j'aimerais la mettre au goût du jour, mais il n'y a pas d'urgence. Alors, qu'en penses-tu ? Je n'en peux plus d'attendre, dis-moi si tu la trouves jolie !

— Oui, et en plus je pense que l'on fera une bonne affaire, si tu veux bien que je l'achète avec toi, moi je suis d'accord. »

Clara a un trop plein d'émotion, des larmes de bonheur viennent lui embrumer ses yeux. La vendeuse arrive à ce moment et sur le coup elle se demande si ce sont des larmes de joie ou de déception, mais très vite André prend Clara dans ses bras et ils rient tous les deux, elle est rassurée. Elle trouve Clara et André très sympathiques, elle est contente pour eux. Clara ne pensait pas avoir une aussi belle surprise en venant ici. Elle a trouvé un pied-à-terre pour tous les deux, où ils pourront vivre des jours heureux. Ils en parlent à Louise qui est folle de joie, elle aussi pourra en profiter pour ses vacances, Clara lui a annoncé qu'elle sera chez elle aussi longtemps qu'elle le voudra. Elle aimerait bien voir la maison mais André lui demande d'avoir un peu de patience, ils n'ont pas encore les clés. Clara et André devront revenir chez le notaire pour l'achat de la maison. Ils décident de venir passer les fêtes de fin d'année ici.

Gaëlle et Cédric ont une belle fête de fiançailles, tous sont venus avec des cadeaux. Leur bonheur fait plaisir à voir.

Cédric est vraiment un très gentil garçon, pense Louise. Je suis contente qu'elle soit tombée sur lui.

    Le dimanche suivant marque la fin des vacances. Tout le monde doit repartir.

20

Louise arrive à Paris, une semaine avant le début des cours. André l'a déposée au train et lui a fait mille recommandations avant de la laisser partir. Elle arrive chez Mamie Arlette à 14 heures. André a du mal à laisser sa fille toute seule dans la capitale mais la rencontre avec Mamie Arlette au mois de mai l'avait rassuré. Après avoir fait le tour de la maison elles s'étaient mises d'accord sur les travaux demandés en échange de la chambre louée et s'étaient donné rendez-vous pour la rentrée scolaire.

Louise est émue quand elle franchit le portail de la petite cour de la maison. Cette fois-ci, elle y est. Ces trois années de formation seront importantes pour la suite de sa vie professionnelle. Son regard s'arrête un moment sur la table ronde en fer forgé entourée de ses quatre chaises. Un géranium rouge est posé au centre dans un joli pot en faïence vert pomme. Sur une chaise, un chat roux se prélasse au soleil. Le grincement du portail l'a dérangé dans son sommeil, il se redresse et se lèche, il regarde un instant Louise puis, nonchalant, se recouche. Elle monte les quelques marches de la maison et sonne. La lourde porte en bois s'ouvre :

« Te voilà arrivée ! As-tu fait bon voyage ? » s'enquiert Mamie Arlette. Elle conduit Louise dans la salle à manger. Elle a préparé une boisson fraîche et des gâteaux pour l'accueillir.

« Oui, merci pour le dérangement, il ne fallait pas. Des gâteaux au chocolat, ce sont mes préférés » répond Louise.

Louise n'a jamais connu ses mamies, sa maman était orpheline et la maman d'André est morte avant sa naissance. Elle est troublée par toutes les attentions que la vieille dame lui porte. Machinalement elle s'approche d'un cadre posé sur la cheminée en marbre. Sur la photo un militaire pose avec un beau sourire. Mamie Arlette s'empresse de le présenter à Louise.

« C'était mon pauvre Jean, mort pendant la guerre. Je ne m'en suis jamais remise. Nous avions vingt ans et tellement de projets. Tous ont volés en un éclat. Un obus a percuté leur voiture. Heureusement il est mort sur le coup, il n'a pas souffert. Ce fut ma seule consolation. »

Mort sur le coup, ces mots résonnent dans la tête de Louise, elle les a déjà entendus, il y a très longtemps. « Maman est morte sur le coup, elle n'a pas souffert. » Un instant elle revoit son papa après la mort de sa maman, et des souvenirs douloureux lui reviennent en mémoire. Mais très vite, elle les chasse, le temps a soigné ses blessures et quand elle pense à Annie, c'est avec une douce mélancolie. Elle lui a transmis sa passion pour la couture et pour cette raison, lundi elle intègre une école de couture pour devenir styliste professionnelle. Mamie Arlette lui montre sa chambre mais elle a une surprise pour Louise.

« Cette maison est très grande, j'ai pensé qu'une deuxième pièce te serait utile pour installer ton atelier de couture. »

— C'est tellement gentil à vous, comment vous remercier ?

— En réussissant bien sûr ! »

Louise s'approche de mamie Arlette et lui dépose délicatement un bisou sur sa joue ridée. Ses cheveux gris sont bien coiffés, tirés en arrière et réunis dans un chignon. Elle est coquette, on sent qu'elle s'entretient bien. Sa maison est dans un quartier calme de la capitale, à l'abri de l'agitation de la foule, mais le métro n'est pas loin et Louise pourra se rendre facilement à l'école. Les choses commencent bien pour elle. Le soir elle devra manger avec mamie Arlette et lui faire ses courses, c'est dans le contrat. Ce qu'elle fera avec plaisir, la présence de mamie Arlette la rassure, elle se sent apaisée auprès d'elle. Dans sa chambre elle s'empresse d'appeler André pour le rassurer puis Maxime, qui lui manque tellement. Ils restent une bonne demi-heure au téléphone, aucun des deux n'a envie de raccrocher, leur séparation samedi a été difficile. Ils savent déjà que la distance ne leur permet pas de se voir autant qu'ils le voudraient mais ils se sont fait une raison. Ils connaissent cette attente difficile mais ils n'ont pas le choix. Maxime doit terminer son BTS d'électricien et pour Louise l'opportunité de faire cette formation est une vraie chance. Louise a une pensée pour Lola. Je l'appellerai demain pense-t-elle, il est temps de défaire mes valises.

21

Lola a choisi une chambre d'étudiant dans une résidence universitaire. Elle est totalement indépendante. Elle ne supporte pas les horaires imposés, les règlements. Moins elle en a et mieux elle se porte. Son père fait la route avec elle, elle doit apporter ses affaires personnelles et Lola a une foule de valises ; c'est une citadine née, impossible de partir sans toute sa garde-robe, ses chaussures et accessoires en tout genre. Son père s'en amuse, c'est sa petite princesse, la seule enfant qu'ils ont eu et il sait qu'elle est trop gâtée. La veille ils ont fait un bon repas tous les trois, son père, sa mère Julie et elle dans un restaurant renommé. C'est très rare qu'ils soient tous les trois ensemble. Ses parents sont toujours autant débordés. Ils ont bu à sa future réussite. Lola garde un bon souvenir de cette soirée, voir ses parents heureux c'est tout ce qui lui importe. Son père l'aide à s'installer, ils font le tour des installations de la résidence, elle promet d'appeler souvent puis ils se quittent, il a de la route à faire.

Lola décide d'aller au self aujourd'hui, elle a besoin de faire de nouvelles rencontres. Dans le Béarn elle a laissé Hugo, son ex-petit copain. Ils ont rompu peu de temps avant son départ pour Pau. Plus âgé qu'elle, il souhaite fonder une famille et Lola n'est pas prête pour cela. Elle n'a pas vraiment de peine, leur relation commençait à perdre de son intensité. Ils se sont quittés bons amis, ils seront sûrement amenés à se revoir dans le cadre professionnel. Elle se di-

rige vers le réfectoire et arrive dans une grande pièce, le buffet se trouve au fond. Des tables de quatre ou six personnes sont disposées. Elle prend un plateau, commence à se servir. Une jeune fille l'interpelle :
« Tu es nouvelle toi aussi ?
— Oui je viens d'arriver.
— Je m'appelle Claire, et toi ?
— Lola. »
Elles se dirigent vers une table libre, rapidement rejointes par deux autres étudiants, Florence et Franck. Ils font très vite connaissance et s'aperçoivent qu'ils seront dans les mêmes amphithéâtres. Ils décident de se rejoindre à 15 heures pour faire un tour dans la ville. C'est leur dernier jour de liberté, autant en profiter jusqu'au bout. Ils parcourent les rues piétonnes et s'installent à la terrasse d'un café pour siroter une boisson glacée sous un platane, il fait encore très chaud aujourd'hui. Ils flânent toute l'après-midi et font plus ample connaissance. Lola et Claire sont réciproquement attirées l'une vers l'autre, elles ont plus d'affinités. Une bonne amitié commence. Elles se racontent leurs vacances pendant que Florence et Franck font du lèche-vitrine. Ils se séparent à regret vers dix-neuf heures et rejoignent chacun leur chambre.

Lundi matin Lola arrive dans l'amphithéâtre pour sa première matinée de cours de droit. Elle est déjà tellement plus femme que les autres étudiantes. Elle ne passe pas inaperçue : sa beauté naturelle, son port de tête qu'elle doit à ses nombreuses années d'équitation et son style de vêtements très stylés. Quand elle passe les gens se retournent, elle dégage une forte personnalité. Elle s'installe à côté de Claire. La matinée commence par deux cours de droit, encore un et elles pourront aller manger. Elle aperçoit un homme de dos et son regard est attiré par ses magnifiques cheveux blonds légèrement ondulés qui retombent sur ses épaules. Il monte sur l'estrade, se retourne et se présente. C'est son professeur, il a une trentaine d'année à peine, et Lola ressent immédiatement une attirance pour cet homme. C'est un véritable coup de foudre, elle a le vertige, plus rien n'existe autour d'elle. Elle est comme sur un nuage, en suspens dans l'espace. Elle n'a jamais connu cette sensation. Elle écoute religieusement tout ce qu'il dit et le dévore des yeux. Il a sans doute senti ce regard insistant car il se tourne vers elle, la regarde et lui sourit. Lola rougit et baisse la tête, elle a peur que Claire remarque son malaise, mais Claire n'a rien vu. Puis il demande à chaque étudiant de prendre une feuille et d'écrire leur parcours et leur motivation pour ce cursus. Elle commence à remplir sa feuille. Elle veut l'impressionner, aussi elle décide de détailler tous les stages qu'elle a faits dans des cabinets d'avocats déjà renommés. Il faut absolument qu'elle se démarque des autres, qu'il repère son potentiel. Elle aimerait déjà le rencontrer ailleurs, dans une soirée entre collègues et non dans ce cadre universitaire où elle est l'élève qui doit écouter. Elle ne supporte pas cette infériorité avec lui. Elle se voit être son égale sur le plan professionnel et échanger sur des dossiers pointus. Elle devra attendre mercredi pour le revoir et cela lui paraît une éternité. Elle rejoint Claire, Florence et Franck pour les cours suivants. Le rythme est soutenu, les professeurs les ont prévenus, seulement la moitié arrivera à passer en deuxième année. Il faut une forte motivation pour devenir avocat, et une excellente mémoire. Les professeurs savent que beaucoup d'étudiants ont pris cette filière sans trop savoir ce qui les attendait. Mais Lola n'a jamais eu d'hésitation. C'est le milieu dans lequel elle évolue qui a largement influencé son choix.

22

Louise est arrivée en avance à son école, l'agitation de la ville la rend mal à l'aise. Le mouvement continuel de la foule la perturbe, elle aura sans doute un peu de mal à s'acclimater. Elle se replie dans un petit parc et observe ce qui se passe autour d'elle. Le chant des oiseaux la sort de sa torpeur et elle se laisse bercer un moment par cette douce mélodie. Réconfortée, elle regarde l'entrée de son école qui se trouve dans un immeuble ancien et austère. Malgré son angoisse, elle a hâte de découvrir son nouvel univers. Elle aperçoit les premiers élèves qui pénètrent dans l'enceinte de l'établissement. Une jeune fille arrive et Louise décide de la rejoindre. Elle l'aborde. Après avoir constaté qu'elle débute aussi, elle franchit le seuil en sa compagnie. Elles sont toutes les deux excitées à l'idée de ce qui les attend. Elle s'appelle Mégane et vient de Bourgogne. Elle s'approche des listes d'élèves affichées sur une porte et elles se rendent dans leur classe. Dans le long couloir, de belles réalisations des élèves sont exposées en vitrine. Louise et Mégane les regardent, elles se rendent compte du chemin à parcourir. Dans la dernière vitrine elles contemplent une somptueuse robe de mariée et un costume bleu foncé. En retrait sur de petits mannequins, les vêtements des enfants d'honneur complètent en beauté ce magnifique tableau.

« C'est tellement beau, j'ai hâte d'en arriver à ce résultat » dit Louise.

Louise et Mégane sont impatientes à l'idée de commencer cette formation. Elles ont la même passion. Louise lui raconte sa création « Ann'Lou » et lui montre des photos de ses réalisations. Mégane n'est pas allée aussi loin, elle s'est contentée de faire des vêtements pour elle et sa petite sœur. Toutes les deux ont pratiqué sans jamais avoir suivi de cours. Ici elles vont apprendre à dessiner, coudre, choisir les bons tissus mais pas seulement. La formation prévoit des cours de gestion et de commercialisation. Elles pénètrent dans la classe, il y a beaucoup de garçons, plus de la moitié de la classe. Cela ne les surprend pas, beaucoup de créateurs sont des hommes. Elles s'installent et observent les élèves. Certains sont beaucoup plus âgés. Elle apprendra plus tard que la voie qu'ils avaient prise ne les avaient pas satisfaits, ils ont fait marche arrière pour suivre leur véritable passion. La matinée se passe sans incident, ils vont au réfectoire et croisent des élèves de seconde année. Louise remarque une jeune fille, pourtant celle-ci fait tout pour que l'on ne la voit pas : elle a la tête baissée, son tee-shirt est trop grand pour elle comme si elle voulait disparaître à l'intérieur, ses cheveux longs lui cachent le visage. Son comportement intrigue Louise. Elle l'observe un moment mais très vite elle a disparu au milieu des autres étudiants.

« As-tu vu cette fille ?

— Laquelle ? répond Mégane.

— Oh, une fille qui vient de passer, elle avait l'air pressé. »

Elle suit Mégane mais cette rencontre a piqué sa curiosité, cette étudiante est décidément très étrange. Elle n'a qu'une envie c'est de la revoir et de l'aborder.

23

André et Clara sont retournés en Bretagne, dans le petit village natal d'André. Ils retournent chez le notaire pour la signature de la vente. C'est un grand jour pour tous les deux, leur premier achat. Ce sera leur refuge pour les prochaines vacances à venir et pour leur retraite qui se rapproche. Après cette formalité et la remise des clés, ils vont chez Solange. Elle les attend pour manger, elle a mis le champagne au frais. Bruno, son mari, a pris un jour pour l'occasion. Cette après-midi ils leur feront visiter leur maison, qu'ils connaissent déjà de l'extérieur, mais ils n'y sont jamais entrés. La propriétaire était très discrète, peut-être un peu secrète. Ils prennent la route ensemble à pied, le temps est clément et cette petite marche leur fait du bien. Ils ont à peine un kilomètre à faire et les voilà devant le petit portillon. André, très délicatement, le pousse sur l'herbe qui a envahi la petite cour.

« Il grince un peu, je mettrai de l'huile » dit André.

Puis il tourne la clé de la porte et regarde Clara, il lui prend la main pour entrer. Tous deux restent un instant sur le seuil, encore surpris d'être les heureux propriétaires de cette petite maison cosy. Solange et Bruno leur emboîtent le pas et tombent aussi sous le charme de cette ravissante entrée. Le carrelage du bas est en tomettes rouges, les peintures sont à refaire et la décoration à revoir pour la mettre au goût du jour. Cependant Clara a déjà repéré certains meubles, qui, restaurés, iront très bien avec le nouveau décor. Elle adore mélanger le moderne et l'ancien. André la laissera choisir, il aura assez à faire avec les travaux de restauration. Ils font plusieurs fois le tour, en allant de pièces en pièces, excités comme des enfants. Solange et Bruno participent à leur joie en riant de bon cœur à chaque découverte incongrue. La sœur d'André est heureuse que son frère ait enfin retrouvé le bonheur. Bruno propose ses services pour l'aménagement de la maison et il les laisse à leur bonheur. Solange le suit, elle doit faire des courses pour ce soir. Elle a invité leurs enfants afin de fêter cet événement.

Clara ouvre les placards, ils sont pleins de vaisselle ancienne et de souvenirs accumulés au fil des années. Il y a un tri important à faire. Demain ils commenceront par la cuisine. Il faut entièrement la vider pour la rénover. Il y a du travail mais cela n'entache pas leur joie, au contraire. Ils ont du courage à revendre. Le soir Gaëlle arrive avec Cédric. Son frère et sa sœur les suivent de peu. Gaëlle s'empresse de prendre des nouvelles de sa cousine et de Lola. André lui rapporte la rentrée de Louise, tout du moins ce qu'elle lui en a dit. « Elle m'appelle peu, son emploi du temps est bien chargé. »

Il lui demande à son tour comment elle va et promet de donner le bonjour à Louise et Lola de sa part. Le repas est animé, tout le monde veut parler en même temps. Dans tout ce brouhaha André ressent une plénitude, il est content. Sa sœur a une belle famille unie, ses enfants sont proches d'elle, il sait qu'elle ne vieillira pas seule. La soirée se termine, elle a été bien arrosée et il est temps pour tout le monde d'aller se coucher.

Le lendemain comme prévu André et Clara partent pour faire le vide dans la cuisine. Clara, à l'aide d'André, met de côté les meubles qui l'intéressent et de la vaisselle ancienne en faïence dont elle raffole.

« Tu verras, une fois restaurés ces meubles feront un malheur. »

Pour tout le reste, ils font deux tas : un pour la déchetterie et un autre pour une association. Pendant qu'André s'attaque aux vieilles tapisseries qui sont sur les murs et le plafond, elle va fouiner dans la chambre, elle est à l'affût de petits objets pour sa nouvelle décoration. Toute la maison en regorge, tous ces objets d'un autre temps qui une fois mis en valeur seront une merveille. Elle les imagine déjà accrochés aux murs ou posés sur une étagère de la cuisine. Elle ouvre l'armoire à linge qui sent encore la lavande, fouille un peu en écartant les robes dans la penderie. Elle aperçoit un tiroir qui est légèrement en retrait caché derrière les manteaux. Elle le tire ; Il est encombré de divers objets, barrettes, broches et petits linges. Elle veut l'ouvrir plus mais elle sent une résistance. Elle tire plus fort et le tiroir lui vient dans les mains. Un paquet tombe à ses pieds. Elle se baisse pour le ramasser, ce sont de très vieilles lettres reliées entre elles par un ruban. Elle est intriguée et à la fois mal à l'aise. Pourquoi ces lettres étaient-elles cachées ? Gênée elle les cache dans son sac, elle ne sait pas encore ce qu'elle va en faire. Contacter les héritiers, les brûler ou les ouvrir. De toute façon elle ne connaît pas cette mamie donc même si elle les lit, elle se dit que ce n'est pas grave. André arrive sur le seuil, il a terminé, les vieilles tapisseries ne lui ont pas résisté longtemps. Elle le rejoint. En une matinée ils ont réalisé du bon travail. Clara découvre la pièce vide. Elle lui paraît plus claire et plus grande sans les tapisseries sombres. André termine en prenant les mesures de la pièce et ils repartent en longeant la côte main dans la main. Demain ils retournent dans le Béarn, leur travail les attend.

« Nous reviendrons au printemps, je m'attaquerai aux peintures. Nous ferons également un devis pour changer les fenêtres, nous y gagnerons en isolation. Qu'en penses-tu ? demande André.

— Bien sûr. Je te laisse cette partie, moi je vais faire les magasins de décoration, j'ai déjà ma petite idée. »

Elle penche sa tête en direction d'André et ils s'embrassent tendrement. Depuis qu'ils se sont trouvés leur bonheur est intact. Tous les deux abîmés par la vie ont appris à s'apprivoiser et à se protéger mutuellement.

24

Louise et Mégane sont devenues inséparables. Elles ont besoin l'une de l'autre. Être loin de chez soi a des avantages, mais parfois la chaleur de leur foyer leur manque. Un trimestre s'est déjà écoulé. Elles excellent en pratique mais pour la gestion elles doivent s'accrocher. Elles font souvent leurs devoirs ensemble, parfois dans l'appartement de Mégane qui est en colocation et souvent chez Mamie Arlette. L'ambiance y est plus sereine pour travailler. Mamie Arlette est ravie, deux invités au lieu d'une.
« Elle reste pour manger bien sûr ?
— Si tu veux. »
Louise et Arlette se tutoient, elles l'ont décidé très vite. Le contrat s'est vite transformé en quelque chose de beaucoup plus important. Elles ont une grande complicité. Mamie Arlette est toujours sur son trente-et-un ce qui amuse beaucoup Louise. Le matin une dame vient l'aider à se préparer, mais souvent elle demande à Louise des petits conseils, elle veut rester à la mode. Louise comme prévu lui fait ses courses et bien plus quand elle voit qu'elle est fatiguée. C'est comme ça, pas besoin d'écrits pour prendre soin des gens que l'on aime. Souvent Louise l'emmène avec elle. Mamie Arlette lui fait découvrir la capitale quartier par quartier. Elle lui montre :
« Ici un bon restaurant, et là une boutique très stylée. »
Elle lui commente quelques histoires dont elle a été le témoin, et l'évolution de Paris depuis qu'elle y habite. Elle re-

late des faits divers qui ont marqué des lieux précis. Louise commence à apprécier Paris grâce à ses précieux conseils et informations. Cette capitale qui lui paraissait si froide quand elle est arrivée devient peu à peu une ville agréable à vivre, elle n'a plus peur de flâner au milieu de la foule. Elle s'y trouve bien.

Un jour elle aperçoit sur le trottoir d'en face l'étudiante qui l'intrigue tant.

« Regarde, devant le magasin de vêtements, tu vois cette jeune fille ? Elle est en deuxième année. Quelque chose m'interpelle en elle, elle paraît si triste.

— Est-ce que tu lui as parlé ? »

— Non, jamais eu l'occasion »

« Alors c'est le moment, traversons. »

Louise, surprise par son audace, n'a pas le temps de dire non, elle est obligée de la suivre et de traverser. Mamie Arlette interpelle la jeune fille.

« Bonjour mademoiselle, je cherche une boutique de chaussures "branchées", comme vous dites aujourd'hui, pour ma nièce que voilà, mais je crois que vous vous connaissez ? »

Surprise, celle-ci lève la tête. Louise ne lui laisse pas le temps de répondre.

« En effet, nous sommes dans la même école de couture, mais toi tu es déjà en deuxième année. Je m'appelle Louise, et toi ?

— Geneviève ; vous pourrez trouver un magasin un peu plus loin sur la droite.

— Allons boire un café toutes les trois, je suis fatiguée, j'ai besoin de reprendre des forces. »

Est-ce dû à son grand-âge ou à sa forte personnalité, quand Mamie Arlette parle, personne ne penserait à la contredire. Elles rentrent toutes les trois dans un petit bistrot dont mamie connaît tout le personnel. Décidément elle est exceptionnelle. Elles passent commande et commencent à parler de tout et de rien, puis Mamie Arlette demande à s'absenter pour aller aux toilettes. Elle ne le fait jamais d'habitude, elle préfère rentrer. Louise s'inquiète un peu, mais avant de partir Mamie Arlette se tourne et lui fait un clin d'œil. Sacré mamie Arlette, elle pense même à les laisser en tête à tête. Louise parle des cours avec Geneviève ; de ses inquiétudes, mais aussi de ses attentes. À son tour Geneviève lui parle de son parcours. Elle vient de la campagne auvergnate. Son père est agriculteur et sa mère femme au foyer, de temps en temps elle garde des enfants pour arrondir les fins de mois. Elle a eu le goût pour la couture depuis toute petite. Elle faisait des robes à ses poupées. Ses grands frères se moquaient d'elle, mais très vite ils se sont aperçus que c'était une véritable passion pour elle. Alors, avec leur paie, ils lui rapportaient des bouts de tissus, de la dentelle des accessoires de couture. Pour ses douze ans ses parents lui ont acheté une machine à coudre. Ce fut l'un de ses plus beaux cadeaux. Elle rentre très peu chez elle, absorbée par son travail. Elle veut décrocher son examen et ouvrir un magasin de robe de mariée à Clermont-Ferrand. Elle a tout misé sur son projet, le rater serait décevoir toute sa famille qui l'a tellement soutenue toutes ses années.

« As-tu un petit copain ? » lui demande Louise.

Sa question un peu directe l'a surprise, elle reste silencieuse un instant puis lui répond :

« L'année passée j'ai fréquenté Tony, un garçon qui est en cours avec moi. »

Le ton de sa voix a changé, elle a blêmi et sa main tremble. Louise se rend compte qu'elle a touché un point sensible mais c'est trop tard, Geneviève s'est refermée sur elle. Elle prétexte un rendez-vous, se lève et prend congé. Quand Mamie Arlette revient, son regard est interrogatif.

« Je crois avoir trouvé la faille, une histoire de chagrin d'amour avec Tony qui est dans sa classe.

— Ah l'amour, c'est merveilleux ou c'est terrible, parfois un tsunami.

— Oui, j'essayerai de la distraire maintenant que je sais. Il faut que voie à quoi ressemble ce Tony. »

25

Les mois se sont enchaînés et Noël arrive à grands pas. Louise va retrouver Lola dans leur Béarn qu'elles aiment tant toutes les deux. Elle va aussi revoir Maxime, il viendra la chercher au train le samedi matin. Avec Mamie Arlette elles ont fait une petite soirée. Sa famille doit lui rendre visite pendant les vacances, ce qui rassure Louise, elle s'est beaucoup attachée à elle.
L'hiver est doux cette année ; quand Louise descend du train elle aperçoit Maxime. Elle court vers lui. Ces trois mois ont été une éternité. Ils restent longtemps enlacés avant de se décider à partir. Dans le taxi qui les amène jusqu'à la maison leur conversation va bon train. Ils ont tellement de choses à se raconter. Maxime a gagné deux concours cette année. Louise n'a pas pu y assister pour l'encourager, c'était trop loin. Il lui annonce qu'il pense arrêter la compétition l'année prochaine. Il lui faudrait un autre cheval et ses parents ne peuvent plus suivre financièrement, mais du moment qu'il peut continuer de faire des balades cela lui suffit aujourd'hui. Ses projets sont ailleurs, il est passé à autre chose. Ils pénètrent dans la maison, son père les attend au coin de la cheminée. Elle l'embrasse et lui demande si Lola est rentrée.
« Je crois bien, Alain devait aller la chercher hier.
— Je vais lui dire bonjour, tu viens avec moi Maxime ?
— Non, je sais que vous avez plein de choses à vous dire et je vais me reposer un peu. Je tiendrai compagnie à ton père pendant ce temps, mais ne sois pas trop longue, moi aussi j'ai besoin de toi.

— Et moi alors ? » rétorque André pour la taquiner. Elle promet de faire vite et se dirige vers la maison de Lola. Elle aperçoit sa mère au loin et lui fait signe. Elle pénètre dans l'entrée et se dirige vers le salon. La décoration de la maison pour les fêtes de Noël est fantastique et majestueuse, de ce côté-là rien n'a changé. Lola descend l'escalier et lui tombe dans les bras.

« Si tu savais j'ai tellement de choses à te raconter. » Elles se lancent alors toutes les deux dans une conversation effrénée. Elles veulent tout savoir. Connaître tous les détails. Lola décrit son nouvel univers, son attirance pour son professeur, sans résultat pour le moment. Louise raconte son amour pour Mamie Arlette, son amitié pour Mégane et le mystère qui entoure Geneviève. Julie leur apporte un chocolat chaud qu'elles engloutissent rapidement puis Louise prend congé. Elles promettent de se revoir tous les jours. Gaëlle leur a envoyé une belle carte à toutes les deux, elle viendra pour les grandes vacances avec Cédric. Le trio sera à nouveau réuni pour un petit mois.

Clara doit arriver pour le repas. Elle a joliment décoré la maison, tout en finesse. La crèche trône à côté de la cheminée et au-dessus elle a accroché de grandes chaussettes rouge et blanc, une pour chacun. Toujours aussi délicate, pense Louise. Elle arrive comme prévu à 11 heures, les bras chargés de cadeaux qu'elle dépose près de la cheminée. Le repas est divin, André avait cuisiné des plats succulents, arrosés de ce vin italien qui leur rappelle tant de souvenirs. Les fêtes et les vacances se terminent dans la joie. Tout le monde est requinqué pour reprendre le rythme du travail lundi. Maxime est le premier à partir par le train de 11 h 30 et Louise le suit de près à 13 heures.

26

Pendant deux ans les mois se sont succédé, les filles et les garçons ont continué leur formation. Cédric est venu visiter le Béarn comme prévu pendant les grandes vacances. Il a adoré, néanmoins il ne pourrait pas quitter sa Bretagne très longtemps. En septembre Gaëlle a intégré l'entreprise du père de Cédric. Elle avait obtenu son examen sans trop de difficultés ; sa motivation y étant pour beaucoup. Elle avait passé toutes ses heures libres à travailler ses cours. Leur couple est plus fort que jamais. Ils envisagent d'acheter une petite maison.

Lola n'a pas concrétisé avec son beau professeur, il est déjà en couple. Déçue, elle a enchaîné les relations sans lendemain. Si ses amours sont difficiles, elle est toujours aussi brillante et passe tous ses examens haut-la-main, au grand bonheur d'Alain. C'est sûr, elle deviendra une grande avocate. Personne n'a de doute à ce sujet. D'ailleurs pas mal de personnes la contactent déjà pour avoir des conseils. Elle est ravie, complètement dans son élément.

Louise et Mégane s'accrochent, elles ont encore une année pour terminer leur cursus. Le temps leur dure de retourner chez elles. Le rythme des épreuves est soutenu ; plongées dans leurs livres elles ne se rendent pas compte qu'il passe à toute vitesse. Louise sait déjà qu'elle aura de la peine de quitter Mamie Arlette, elles ont promis de se revoir souvent. Les deux jeunes filles projettent de s'installer sitôt qu'elles auront passé leur examen. Elles échangent des idées pour la création de leur future boutique, font des plans et commencent à regarder les locaux disponibles. Tous ces préparatifs les occupent et leur évitent de penser aux mois qui les séparent encore de ceux qu'elles aiment.

Louise a percé le mystère de Geneviève. Elle a mené son enquête et a appris sa tragique histoire. Ce Tony était peu recommandable mais elle était tombée folle amoureuse de lui. Elle aurait fait n'importe quoi pour lui. Il en avait profité. Il les avait filmés en train de faire l'amour et avait envoyé la vidéo aux élèves de l'école. Elle fut la risée de tous les étudiants et dut s'accrocher de toutes ses forces pour ne pas tomber. Depuis qu'elles se sont parlé, Louise et Mégane ne l'ont plus quittée, elles se retrouvent toutes les trois pour manger, sortir et étudier. Geneviève a repris peu à peu confiance en elle. Elle recommence à rire et à s'habiller sans crainte de montrer ses jolies formes. Aujourd'hui elle a réussi son examen, elle est repartie chez elle et son projet est en bonne voie. Elle va ouvrir sa boutique de robes de mariées dans une rue passante de Clermont-Ferrand. Les filles vont aller à l'inauguration, elle leur a envoyé des photos, ce sera magnifique.

27

Clara et André retournent régulièrement en Bretagne. Les travaux sont bien avancés. À tous les deux ils ont fait des miracles. L'intérieur de la maison est méconnaissable. Tout est centré sur l'immense cheminée. L'ambiance y est paisible. Elle invite au repos et à lecture. C'est ici, dans un fauteuil confortable, que Clara ouvre la première lettre qu'elle a découverte dans une armoire de la chambre.

« Chère Hannah, je suis rentrée hier à Paris. » La lettre continue par une description de ses vacances passées en Bretagne, elle est signée « Mathilde, ta meilleure amie. »

Les trois autres sont des échanges entre les deux amies, pas de quoi cacher ces lettres pense Clara. Mais à la quatrième Mathilde se livre davantage, elle a connu un homme pendant ses vacances en Bretagne, un coup de foudre, mais malheureusement un amour impossible. L'homme était marié. Elle était repartie pour Paris sans le revoir.

« Depuis mon départ je suis dévastée, mon travail commence à s'en ressentir, j'ai peur de me faire licencier, je n'ai plus le goût à rien. »

Clara en lisant les dernières lignes ressent toute la souffrance de Mathilde.

Clara n'a pas les lettres d'Hannah, mais elle imagine sans trop de peine ses réponses et le soutien qu'elle a apporté à son amie. L'avant-dernière lettre est bouleversante. Clara l'a relue plusieurs fois. Mathilde était tombée enceinte et, jusqu'au dernier mois de sa grossesse, elle avait gardé le secret.

« Je suis en arrêt de travail, je mange très peu, le médecin a peur pour mon bébé, il a décidé de m'hospitaliser, je me sens si seule ici. »
Un mois plus tard la dernière lettre était arrivée.

« Ma très chère Hannah, j'ai eu mon bébé, une petite fille « Annie » qui se porte bien. Mon état est préoccupant, le médecin m'ordonne le repos. J'ai pensé que le bon air de Bretagne me ferait le plus grand bien. De plus je me rapprocherais de son papa qui est Pierre. Je te remercie de ne m'avoir jamais questionnée à ce sujet. Je pense que tu t'en étais douté car je n'ai connu que lui. Pourrais-tu nous accueillir toutes les deux ? Je pourrais prendre le train de 20 heures dimanche soir.

Clara est convaincue qu'Hannah les a accueillies chez elle, elle avait trouvé un petit drap de berceau plié dans l'armoire. Intriguée, elle finit par montrer les courriers à André. À la lecture du dernier il devient silencieux, il demande à Clara de lui confier les courriers.

« Tu vois qui peut être ce Pierre dont elle parle ?
— Si mon pressentiment est bon, je pense que je connais le père, la fille et la petite-fille. »
Clara sursaute, elle comprend.
« Mon Dieu ! Louise, est-ce possible ?
— Nous allons le savoir rapidement. » Il sort et se rend chez Papi Pierrot qui lui ouvre la porte avec un grand sourire.
« Qu'est-ce qui t'amène ? »
André n'y va pas par quatre chemins, il veut savoir si Louise est concernée par cette histoire.
« Bonjour Pierrot, je vais te poser une question qui va te paraître étrange, as-tu connu une certaine Mathilde dans ta jeunesse ? »

Papi Pierrot s'assoit sur la marche du perron. Il répond d'une voix étranglée :
« Oui, il y a bien longtemps. Elle a disparu du jour au lendemain. J'ai essayé de la retrouver, je voulais tout quitter pour elle. Mais je ne l'ai jamais revue. »
André lui tend les lettres.
« Voici des courriers que Clara a trouvés en rangeant l'armoire de la maison. La propriétaire s'appelait Hannah. Je te laisse les lire et si tu veux en parler je suis là jusqu'à la fin de la semaine, mais j'avoue que j'ai vraiment besoin de savoir. »
André ne dit plus rien. Papi Pierrot se saisit des lettres comme s'il s'agissait de quelque chose de fragile qui pouvait se casser entre ses mains. Le lendemain il se rend chez André. À la lecture du dernier courrier son cœur s'est accéléré, comment aurait-il pu deviner ? Sa bien-aimée était morte à quelques rues de chez lui et il n'avait rien su. Il était sans doute en mer quand cela s'était passé. Ce petit bébé prénommé « Annie », que l'on avait trouvé à l'église, était sa fille et Louise, qu'il avait portée jusqu'à la maison de Solange, sa petite-fille. Il est bouleversé. Avec l'accord d'André ils décident d'annoncer la nouvelle à Louise aux prochaines vacances. Ce n'est pas le genre de chose que l'on fait par téléphone, mais il a tellement hâte de la serrer dans ses bras.

Ils comprennent le drame qui s'est déroulé dans cette maison. Mathilde était morte d'épuisement, mais avant elle avait fait promettre à Hannah de ne jamais dévoiler le nom du père de la petite. La seule solution qu'Hannah avait trouvée pour éviter les questions fut d'abandonner Annie à l'église. Elle savait qu'elle serait prise en charge dans l'institution du village. Elle la verrait et veillerait sur elle en secret. Pour Noël elle ne manquait jamais de lui envoyer un cadeau par la poste. Le reste de l'histoire, ils la connaissent. Annie a grandi dans l'institution au sein du village natal de son père. Elle le croisait souvent, il avait toujours des mots gentils pour les enfants. Il alla à son enterrement sans savoir que c'était sa fille qui était dans le cercueil. Aujourd'hui il lui faut rattraper le temps perdu. Il compte bien profiter à fond de sa petite-fille Louise.

Je tiens à remercier mon amie Marie-Claude CARTON, elle m'a été d'une aide sans faille pour la réalisation de ce petit livre.

Je remercie également les personnes qui fréquentent le salon de lecture de Balbigny, qui sont bienveillantes et encourageantes.

Je remercie plus particulièrement Yves MONTMARTIN pour ses conseils d'écrivain.

Enfin, je m'excuse auprès de mon mari et de mes enfants ; quand j'écris, je me mets dans ma bulle et je ne suis pas toujours disponible pour eux. Je les remercie pour leur compréhension.

Gisèle LOPEZ